深《み》泥《どろ》丘《がおか》奇《き》談《だん》・続《ぞく》々《ぞく》

綾辻行人

深泥丘奇談・続々

——ころ助に——

目次

タマミフル

1

町の北外れに住まう友人の家へ、ずいぶん久しぶりに遊びにいった。

海老子《えびこ》君という友人である。大学時代以来の長い付き合いで、彼も私と同じ業界の自由業者、既婚・子供なしの似た者同士なのだが、私と違って中年期に入ってもすこぶる健康で、なおかつ美食家である。私と違って冬にはスキーに行ったりもする。囲碁も打つ。苗字《みょうじ》がエビコであるにもかかわらず、私と違ってエビ・カニのたぐいも好物らしい。

海老子邸を訪れるのは本当にずいぶん久しぶりだったものだから、その夜は妙に話が弾んでしまって、気がつくととうに日が変わっていた。「遅くまですみません」と奥さんにお詫《わ》びをしていとまを告げ、帰路に就いたのがもう午前二時前だっただろうか。

海老子邸のある「町の北外れ」は、外れも外れ、市街地から二つ三つ峠を越えていかねばならないような場所で、私の家からだと車を飛ばして小一時間はかかる。かつてはドライヴがてら、しばしば訪れたものだったのだけれど、ここ数年どうもハンドルを握るのが億劫《おっくう》になってきている私である。そのせいもあっての「久しぶり」だったのだが――。

億劫になったと云っても、今でもたまには夜中に独り車を走らせることがある。そういう時、カーオーディオで流す音楽はたいていGOBLIN《ゴブリン》かDAEMONIA《デモニア》と決まっていて、この夜の海老子邸からの帰り道も、車内ではゴブリンの名盤中の名盤"PROFONDO ROSSO"がリピート再生されていた。

霧の夜だった。

市街地の道路では、次の信号機の光が滲《にじ》んで見える程度の霧だったのが、町の東地区、紅叡山《こうえいざん》の麓《ふもと》に位置する私の家に近づくにつれて、どんどんそれが濃くなってくる。白沼通《しらぬまどお》りから山手へ折れ、街灯もまばらな坂道をのろのろと進む。濃霧でいよいよ前方の見通しが悪くなる中、鳴りつづける音楽がゴブリンというのは正直、怖い。怖いけれど、ホラー映画好きの私としては、これがちょっと愉《たの》しかったりもする。――のだが。

道幅がいくぶん狭くなって、坂道の勾配《こうばい》がぐっと急になって……霧が出ていなければあともう少しでわが家が見えてくるか、というあたりで、だった。おりしも

"DEEP SHADOWS"から"SCHOOL AT NIGHT"に曲が替わってまもなく、という絶妙のタイミングで――。

妙なものと遭遇した、のである。

前方の視界を覆った濃霧の奥から湧き出すようにして、不意に何か、茶色っぽいものが……。

えっ、と驚いた次の刹那《せつな》には、それが人影であることを認識していた。

茶色っぽい服を着たヒトの……しかも、小さい。子供ではないか。

慌ててブレーキを踏んだ。

子供はしかし、逃げようとしない。

霧のため徐行運転をしていたので、幸いにも車はすぐに止まって衝突は免れた。

子供は道の真ん中に立っていた。ヘッドライトの光を正面から浴びても、まるで臆《おく》するふうもなく。

霧のせいで顔立ちなどははっきり分からないが、見た感じ、非常に幼い。一メートルに満たないほどの身長からすると、まだ小学校に上がる前の幼児――のようだが。

そんな子供がどうして、もう午前三時になろうかというこんな時間、こんなところに一人でいる？

当然ながら、私は不審を感じた。と同時に、何とも云えない薄気味の悪さも感じざるをえなかった。

近くに保護者がいるのだろうか。それとも本当に一人きりなのか。ここはやはり声をかけるべきだろうか。事情を尋ねて、場合によっては……。

などと考えあぐねる、ほんの二、三秒のうちに。

子供の影がすうっ、と横へ動き、ヘッドライトの光の外へ姿を消したのである。

ああどうしよう、と思うまもなく、ばんっ、と至近距離で音がした。運転席の窓から、である。見ると窓のガラスに、蒼白《あおじろ》い小さな掌《てのひら》が二つ張り付いていて——。

「わわっ！」

思わず悲鳴に近い声を上げてしまった。

強く瞬《まばた》きをする間に、窓ガラスの掌は消えていた。わけが分からぬままに私は、運転席のドアを開けて車外へ飛び出した。

駆け去っていく子供の背中が、霧の中にぼんやりと見えた。けけけけけ……という、何やら不気味な笑い声を残して。

十月も後半に入った火曜日の夜——いや、明けて水曜日未明の出来事だった。

2

ぱーん、ぱーん……という音で目が覚めたのは、その三日後の朝である。

一瞬、何事かと思うような激しい爆発音だったが、すぐに「ああ、またか」と納得した。

ぱーん、ぱーん……という、あれは猟銃の空砲の音。きっとまた、猿だろう。畑を荒らす猿たちを追い払うため、持ち主がああやって空砲を撃ち鳴らしているのだ。

紅叡山には何群かのニホンザルの群れが棲息《せいそく》している。それが周囲の里へ降りてきて悪さをする、という話は以前から聞いていたのだけれども、今年の初め頃からこっち、私の住まうこのあたりにもときどき現われるようになった。

近辺にはけっこう田畑があるし、少し行けばQ製薬の実験農園もある。せっかく育てた農作物などを連中に荒らされるのは、たまったものではないだろう。

市内とは云っても立地が本当に山のそばなので、そもそもこのあたりにはさまざまな野生動物が出没する。市街地にはあまり飛来しないような野鳥はもちろん、哺乳類《ほにゅうるい》だと鹿に猪に狸、鼬鼠《いたち》やハクビシンも目撃したことがある。

鹿や猪も農家にしてみれば立派な「害獣」だから、対策には苦心しているに違いないわけだが、塀に囲まれた民家の敷地内までは入ってこないので、私や妻などは鷹揚《おうよう》なものである。——が、これが猿となるとちょっと話が違う。

連中は軽々と塀を乗り越えて、庭に入ってくる。庭木や花壇を荒らす。ものを壊す。ヴェランダや屋根の上にも平気で登って賑《にぎ》やかに走りまわったあげく、ときとして思わぬ場所に排泄物《はいせつぶつ》を残して去っていく。……といった被害を、わが家もすでに幾度かこうむっているのだった。

そんな次第なので、朝方にこうして空砲の音が聞こえると、何となくほっとするようなところがある。この「猿脅し」で連中が逃げ出して、山へ帰ってくれればそれに越したことはない。だから——。

「また猿か。ご苦労さまです」

呟《つぶや》いて寝返りを打つと、私はもとの眠りに戻ろうとしたのだ。——ところが。

「ねえねえ。ちょっと起きてよ。ねえ」

ほどなくして、妻に揺り起こされた。

「——ん？」

私は寝ぼけまなこをこすりながら、

「どうしたの」

「大変大変」

「――んん?」

「大変なの」

そう告げる妻もパジャマ姿のままだった。

「大変なの。猿が……」

……猿が?

「庭に猿がいっぱい来ちゃって。さっきの空砲でびっくりして、うちに逃げ込んできたみたいなのね」

「――あれぇ」

「それでもう、何だか大変なことに。とにかく起きて、見にきてよ」

「――分かった」

妻のあとについて、二階の寝室から一階のリビングへと向かった。庭に面した出窓の前まで行くと、妻は「ほら」と云ってガラス越しに外を指さす。

「ありゃあ……」

外の様子をひとめ見るなり、思わず声を洩《も》らしてしまった私であった。

妻の云ったとおり、確かにこれはなかなか「大変なこと」になっている。そこそこの広さを化粧ブロック積みの高塀で囲っているわが家の裏庭。それが今、すっかりニホンザルの群れに占拠されているのだ。

もこもこした灰茶色の毛並みに赤い顔、赤い尻《しり》の、まごうかたなき猿たち。大きいのから中くらいのから小さいのまで、ざっと見渡しただけでもたぶん二十匹以上はいる。——猿の襲来は今や珍しい出来事ではないが、こんなにまとまった数を目の当たりにするのは初めてだった。

庭木に登ったり枝にぶらさがったり、花壇の花を引っこ抜いたり植木鉢やプランターを倒したり。妻が庭の何箇所かに置いている鳥寄せの餌を喰《く》い散らかしたり、ガゼボの屋根に登って日向《ひなた》ぼっこをしていたり。

ウッドデッキのテーブルの上で二匹が喧嘩《けんか》を始めたかと思うと、負けて逃げ出した一匹が派手にバケツを引っくり返す。その音に驚き、興奮したのかどうか知らないが、他の猿たちが何匹か、いきなり猛然と駆けまわりはじめたり……。

別の窓から外を覗《のぞ》いてみると、赤ちゃん猿を抱いた母猿が、塀ぎわを悠然と歩いている。その窓のそばに設置されたエアコンの室外機の上には、鳥寄せの餌台を台ごと持ってきて独り占めしている大猿が……。

「ああん、もう！」

憤懣《ふんまん》やるかたないという様子で妻が、窓を開けて「こらこらっ」と叱りつけた。

大猿はぎょっとして室外機から飛び降りたが、それでも餌台はしっかり両手に持ったまま。そのあとはちらっと一度こちらを見ただけで、窓から少し離れたところに場所を変え、ぼりぼりとまた鳥の餌を食べはじめる。

「ああもう、ほんと憎たらしい」

妻は溜息《ためいき》をつき、私に訴えた。

「さっきからずっとこんなふうで。ちょっとくらい脅かしても全然……」

「連中、知恵があるからなあ」

人間の姿が見えても、家の中にいるぶんには恐るるに足らず、と学習済みなのだろう。まさに傍若無人、である。

何とかして追い払えないものか、と思案しながら、私は室内を見まわす。

ソファの下に木刀が一本、置いてあることをそこで思い出した。何かの時のための護身用に、と考えて購入した品だった。

それを引っぱり出すと、意を決してウッドデッキに出るガラス戸を開けた。この家の主《あるじ》（登記上は妻と共同名義の所有だが）としてはやはり、連中の狼藉《ろうぜき》を指をくわえて眺めているわけにはいかない。――で。

柄にもなく、いささか勢い込んで外へ足を踏み出した私だったのである。

だんっ、と木刀の先端でまず、ウッドデッキの床を突いた。

いっせいにこちらを見る猿たち。近くにいた何匹かが、ききーっ、と声を発してその場から跳びのいた。

私は続けて木刀を振りかぶり、デッキを囲った木柵《もくさく》めがけて振り下ろす。適度に力を抑えつつ、こんこんこんっ、と柵を打ち鳴らす。それでまた何匹かの猿が跳びのく。

——のだが。

しょせんはそこまで、なのだった。

それなりに驚いて退きはするものの、こちらがさらに攻撃的な行動には出ないと見切るや、またぞろあちこちで好き勝手な真似を始める。さすがにウッドデッキのそばには寄ってこないけれど、こうなるともう、私がいくら木刀を振り上げようが多少の物音を立てようが、ほとんど気にするふうもない。経験値の低い仔猿《こざる》たち以外はこっちを見向きもしない。——まったくもう、知恵のある連中め。

振り返ると、妻がガラス戸の向こうで首を横に振っている。その顔には怒りではなく、諦《あきら》めの表情があった。彼女の足許《あしもと》では猫が二匹、尻尾《しっぽ》をぽんぽんに膨らませて怯《おび》えている。

ウッドデッキから降りていって、思いきり木刀を振りまわしてやろうか。あるいは、ホースで強い水流を浴びせたら逃げ出すんじゃないか。——などと考えていたのを、彼女たちの様子を見て考え直した。

一匹や二匹ならともかく、相手はあれだけの数だ。中途半端な攻撃をして、万が一にも全員で——もとい、全頭で逆襲されでもしたらまずい。大いに危険である。

「やれやれ……」

吐息まじりに呟いて、私は踵《きびす》を返そうとした。ところが、その時。

けけけけけけ……という声が、庭のどこかから聞こえてきた。——ような気がしたのである。

何だ何の声だ？　と驚いてあたりを見渡すが、今この庭にいるのは、ふてぶてしい紅叡山の猿たちだけ。——なのだが、いや、今のはどう考えても猿の声では、けけけけ、なかった。鳥や虫などの鳴き声でも、けけけ、決してなかった。とすれば……。

ああ……とすれば？

不意に何だか胡乱《うろん》な気分に囚《とら》われてしまって、私は木刀を握りしめたままもう一度、庭を見渡してみたのである。

少なくとも二十四、いやいや、もしかすると三十四ほどもいる、忌々しい大中小の猿たち。庭木に、植え込みに、花壇に、水場に、けけ、ガゼボの屋根に、塀ぎわに、そして塀の上にも……けけけけけ、け。

「……あっ」

と小さく叫んでしまったのは、そんなたくさんの猿たちの中にふと、猿ではないものの姿を見つけたからだった。

「あああっ」

隣接する白蟹《しろかに》神社の鎮守の森。それと庭との境界に立てた塀の上を、何匹かの猿がうろうろしている。その中に交じって、ニホンザルの毛並みに似た灰茶色の衣服を身にまとったものが……。

……あれは。

あれはヒト？

あれは子供？

まさか……と、わが目を真剣に疑って私は、大きく強くかぶりを振ったのだ。とたん――。

ぐらああっ

降りかかってきた突然の激しい眩暈《めまい》に私は、あえなくその場にうずくまってしまった。背後で戸の開く音がして、「大丈夫？」と妻の声が飛んできた。

「どうしたの。またいつもの眩暈？」

「――子供が」

私はうずくまったまま塀のほうを指さし、訴えた。

「変な子供が、あそこに。猿と一緒に……」

「はあぁ？」

妻は私の肩に手を置き、

「ほんと、大丈夫？」

本当に心配そうに問いかけた。

「ああ……うん。でもほら、あそこ、あの塀の上に、確かに子供が」

「――いない、けど」

「えぇっ」

「いるのは猿だけだけど」

「そんな……」

私は眩暈に耐えて、自分が指さした塀のほうへ目を上げた。――のだが。

ああ、いない。

子供の姿はもはや、ない。猿しかいない。

さっきはいたのに。確かにいたのに。なのに、いったい……。

無理に立ち上がろうとしたところが、ぐらああっ、とまた激しく世界が回転し、ふたたびあえなくその場にうずくまってしまう。

けけけけけけ……という、あの声が、耳の奥で響いた。混乱する頭の中で私は、三日前の深夜、海老子邸からの帰り道で経験した奇怪な出来事を、嫌でも思い出さずにはいられなかった。

3

眩暈は例によって突発性のもので、この日の午前中にはすっかり治まった。庭を占拠していた猿の群れは、あれから一時間くらいして去っていったらしい。

あの時の猿たちの中に可怪《おか》しな子供が一人交じっていたということは、いくら真剣にそう訴えてみても結局、妻には信じてもらえなかった。しかしまあ、致し方あるまい。常識的に考えて、そんな話があるわけがないのだから。

けけけけけけけ……という気味の悪いあの声が、それでも耳について離れない私ではあったが、たぶんそう、あれは何かの間違いだったのだろう。初めて体験する大規模な猿の襲来に気が動転して、きっとあらぬものを……と、そう考えることにしよう。

4

かかりつけの深泥丘《みどろがおか》病院を訪れたのは翌週、月曜日のことである。

先日の眩暈の件をいちおう報告しておきたかったというのもある。が、この日の第一の目的はそれよりも、今年のインフルエンザ対策に関する相談、だった。

「新型インフルエンザのワクチンはまだ、接種できないのでしょうか」

単刀直入な私の質問に、左目にウグイス色の眼帯をした主治医の石倉《いしくら》（一）医師は申しわけなさそうに視線を下げて、

「あいにく、もうしばらく時間がかかりそうなのです」

と答えた。

「ワクチン自体はすでに開発されているのですが、生産がまるで追いつかない状態なんですね。われわれ医療従事者と重い持病のある患者さんのぶんしか確保できていない、というのが現状でして」

医師は丁寧に説明してくれたが、それはこちらもある程度、承知のうえだった。ここで無理を云うつもりは、もちろん私にはなかったのだが――。

今年の夏前から騒がれはじめた新型インフルエンザである。

発生地はメキシコ。豚のインフルエンザウィルスが突然変異してヒトにも感染するようになった、新たなウィルスである。世界中の誰もまだ免疫を持っていないというので、国内外ともに過剰な危機感に囚われた大騒ぎが続いているが、実際にはそこまで危険なものではないという事実も判明してきていた。新型とは云っても豚由来の弱毒性なので、たとえ感染・発症したとしても、重篤化して命に関わるような可能性は

低いらしいのである。

しかしながら、少なくとも向こう二ヵ月は体調を崩して寝込んでしまうわけにはいかない事情が、私にはあるのだった。というのも——。

長らく雑誌に連載を続けていた長編がようやく完成し、今月末にはその単行本が発売される予定なのである。久々の新作長編だから版元も力を入れてくれていて、PRのための取材やら各地でのサイン会やらで、来月以降のスケジュールがぎっしり決め込まれていて……関係する大勢の協力や奔走があっての諸々《もろもろ》なので、ここで肝心の私がリタイアするわけにはいかない。どうしてもいかないのである。——というような「事情」などまあ、誰しもが多かれ少なかれ抱えているものなのだろうけれど。

「手洗いにうがい、マスクの着用、充分な睡眠に栄養摂取……と、当面は基本的な予防策を講じていただくしかありませんね。最も有効な対策は、人がたくさんいるような場所へは行かないこと、ですが」

しごく真っ当な石倉医師のアドバイスに不安顔で頷《うなず》いたあと、私は少しく迷ったのち、向こう二ヵ月の「自分の事情」をざっくばらんに話してみた。すると医師は「ふんふん」と低く鼻を鳴らし、

「そうですか。外出を控えるのは難しいと……ふん。でしたら——」

左目の眼帯に指を添えながら云った。

「タマミフル、ですね」

「タマミフル、ですか」

「そうです。タマミフルです」

経口型抗インフルエンザウィルス剤、タマミフル。その名はむろん知っている。何年か前の冬、実際にその薬の世話になった経験もある私だった。

「ご存じのとおり、タマミフルはインフルエンザにかかってしまった時の特効薬ですが、今回の新型にも充分に有効であると分かっています。これをですね、たとえばサイン会などで多くの人と接する際、事前に服用しておくのです」

「事前に？　それで効果が？」

「予防投与、と呼ばれていますが、ある程度の効果は期待できるのですよ。仮にウィルスが体内に入ってしまったとしても、ごく初期の段階で叩《たた》いてしまえるので重い症状が出ることはない、というふうな」

「なるほど。そんな使い方があるのですか」

「耐性ウィルスの発生を招く要因になるとも云われているので、めったやたらにお勧めはできないのですが」

と云って、医師は眼帯に添えていた指を離した。

「ですが、今回のあなたのような状況では意味があるだろう、と。私はそう思います」

「――はあ」

「どうしますか。ご希望でしたら今日、タマミフルを処方してさしあげますが」

「はあ……」

ありがたい提案ではあった。ワクチンをまだ接種できないのなら、次善の策として
それを選択するのは大いにありだろう。――と考えた私だったのだけれども、そこで
ふと。

思い出したことがあったのである。

タマミフルというその薬を巡って、いっときずいぶん取沙汰《とりざた》されたある問題を。

5

この時きっと、私の顔にさぞや妙な表情が浮かんだのだろう、石倉医師はちょっと
首を傾げて、

「ひょっとして、副作用を心配しておられますか」

と訊《き》いた。

「確か以前に一度、タマミフルを服用していただいたことはありましたね。もしかし

てあの時、具合が悪くなったりしましたか」

「あ、いえ」

　私はすぐに答えた。

「別にそういうことは……」

「だったら大丈夫でしょう。心配される必要はありませんよ」

「――はい。大人が服用しても大きな副作用はまずない。そう承知しています」

　ゆっくりと頷いてから私は、云おうかどうしようか迷っていたその問題を、思いきって云ってしまおうと決めた。

「要注意なのは未成年……子供や少年少女が服用した場合、なんでしたよね」

「ああ、はい」

　医師は「何だ、その話か」というふうに微笑して、

「いっとき騒がれた問題ですね」

「未成年の患者がタマミフルを服用すると、ときとして奇怪な副作用が出る、という」

「ええ、そうでしたね」

　いったい何が訊きたいのだ？　何を云いたいのだ？　私は。――と、ここに至って私の心中では、あまりにも胡乱なある思いつきに戸惑う自分と、むきになってそれを肯定したがる自分が、のたのたとせめぎあっていたのである。

「確かその……奇怪な副作用というのは、さまざまな異常行動、でしたよね」

さらに私が真顔で云うと、医師は少し困ったように眉《まゆ》をひそめて、

「まあまあ、それは今回の処方には関係のない問題ですから」

「確かめておきたいんです」

と、私は訴えた。

「タマミフルを、たとえばまだ小学校に上がる前の子供が服用した場合に起こりうる副作用——異常行動というのは、具体的にはどんな？」

「以前にも確か、その話はした憶《おぼ》えがありますが」

医師は肩をすくめ、答えた。

「いろいろな症例がこれまで報告されていますが……たとえば、いきなり起き上がって家の外へ駆け出していったり、二階の窓から飛び降りてしまったり、屋根裏や仏壇の中に隠れたがったり、と。もう赤ん坊じゃない子供が赤ん坊の恰好《かっこう》をしたがるとか、ぬいぐるみの中に入りたがるとか、そんな奇妙な事例もありましたねえ。それからそう、全国的に有名なのは——」

「有名なのは？」

「意味もなく気味の悪い声で笑いだす、という例が多くあるようです」

「気味の悪い声、と云いますと？」

「けけけけ……というふうに」

「けけけけ……ですか」

「そうです」

私は「うう」と低く呻《うめ》きながら、右手を拳《こぶし》にして自分の頭を小突いた。

はてさて、これはどう受け止めたら良いのか。どう受け止めるべきなのか。

海老子邸からの帰り道、濃霧の中で遭遇したあの子供。庭に襲来した猿の群れに交じって、塀の上をうろうろしていたあの子供。——どちらも同じように、けけけけけ……と笑っていた。私の耳には確かにそう聞こえた。——ような気がする。——のだが。

良いのだろうか。

ここで両者を結びつけてしまって良いのだろうか。

いまだ大きな戸惑いを覚えつつ、私は医師に問うたのである。

「その子供たちはそういった異常行動を示したあと、どうなったのでしょうか。時間が経てば治ったのでしょうか。それとも……」

「窓から飛び降りたりして亡くなった子はともかく、たいがいはその後、ちゃんと回復していますよ」

医師はそう答えたが、ほんの少し間をおいてから「ただ——」と続けた。

「ただ、どうしても回復しないという特殊ケースも若干、あるようでして」

「そうなんですか」

「ええ。——ご存じありませんでしたか」

訊かれて、私はのろりとかぶりを振った。

「ご存じって……何を、ですか」

「あなたのお住まい、Q製薬の実験農園の近くでしょう。だったら、あの農園の裏手の……」

「先生」

控えめでありながらも鋭さを含んだ声が、このとき医師の言葉を遮った。診察室の隅に控えていた若い女性看護師、咲谷《さきたに》だった。

見ると彼女は、「よけいな話はするな」とでも云いたげな表情である。医師はしかし、それを去《い》なすように「まあまあ」と応《こた》え、眼帯の縁を軽く撫《な》でた。

「農園の裏手に、古い大きな家がありましてね。土塀に囲まれた広大な敷地で、昔は留学生向けの寮か何かだったのが、その後は長年にわたって住む者もなく、ほとんど廃屋のような状態だったというのです。ところが近年になって、それをまるごとQ製薬が買い取って……ご存じありませんでしたか」

「——はい」

「前を通りかかったこともない？」

それもない。――ような気がする。

「まあ……そうですね」

医師はいくらか口ごもったのち、

「これはまあ、あくまでも噂レベルの話なので、あまりその、真に受けてもらっても困るのですが」

「その家にまつわる噂、ですか」

「ええ。近くにお住まいだから、てっきりご存じかと思ったのですが」

「いえ。私は何も……」

記憶にある限り妻からも、お向かいの森月《もりづき》夫妻からも、そんな家に関する話は聞いたことがない。――ような気がする。

「たまみふるのいいえ」

と、医師が云った。私は思わず「はい？」と首を傾げた。

「〈タマミフルの家〉です。そう呼ばれているのですよ、あの家は」

「タマミフルの……ですか」

と、私はさらに首を傾げた。医師は続けて云った。

「Q製薬が買い取って以来の話です。これはご存じだろうと思いますが、タマミフルの製造・発売元はQ製薬ですのでね」

6

その三日後のことである。

一昨日昨日と雨模様が続いたのが、この日は終日、秋晴れの好天だったので、夕方になって私はふらりと散歩に出かけた。「わたしも行こうかな」と云って、珍しく妻もついてきた。

薄手のブルゾンを着て薄手のマフラーを首にかけて、という服装でちょうど良い感じの外気温だった。私たちはまず、Q製薬の実験農園を両手に見ながら急な坂道を登った。登りきったところには千首院《せんしゅいん》という寺がある。ここは関東方面でも人気上昇中の紅葉の名所で、来月にはきっと大勢の観光客でごったがえすのだろう。

千首院の門前から左――北のほうへ折れて、普通車が一台ぎりぎり通れるくらいの細い道を抜ける。そこから道は二手に分かれ、片方には蟻良々坂《ぎららざか》という名があって、これは最終的に紅叡山の登山口につながっている。

この蟻良々坂を少し歩いてみようか、という心づもりの私たちだったのである。するとそう、ものの五分ほど進んだところで、だったろうか。

「あ……」

唐突に妻が、小さな声を発した。

「何か、いる」

彼女は右腕を差し上げ、人差指を突き出した。進行方向の、現在位置から七、八メートル先を指し示している。

そちらへ目をやったとたん、私の口からも「あ……」と声が洩れた。

何かが、確かにいるのだ。

犬か、と最初は思った。

茶色い中型犬が何匹か、あんなところにたむろしている。——ような気がしたのだが、いや違う、犬ではない。すぐにそう悟った。

この先のあそこには、蟻良々坂から離れて白蟹神社のほうへ下りていく分かれ道がある。そしてそのあたりには、道と周囲の林を隔てる鉄製の柵が設けられているのだが——。

茶色い動物たちのうちの一匹二匹が、その柵の上にぴょん、と跳び乗ったのだ。夕暮れが近づいていて風景が薄暗くなってきていて、そのせいもあって最初は犬かと見間違えたのだったが……今の、あの動きは？

決して犬にできる芸当ではない。では猫かと云うと、猫にしては体が大きすぎる。

「猿ね」

と、きっぱり妻が云った。

「また悪さをしに降りてきてるのねぇ」

ああ、猿か。また猿、なのか。

先日ほどの大群ではないようだった。私たちが見守る中、猿たちは思い思いの動きで分かれ道を降りていく。いくぶん躊躇《ちゅうちょ》しつつも私たちは、そのままそろそろと歩を進めた。

分かれ道まで来て、猿たちが降りていったほうを窺《うかが》った。

だいぶ離れて、数匹の姿が見えた。悠々と道の真ん中を歩いていくやつもいれば、道沿いの畑に入って作物を荒らしているやつもいる。

「どうしよっか」

と、妻が云った。

「引き返す？　それとも降りる？」

もともと私たちは、この分かれ道を降りてQ製薬の農園の裏手へまわりこみ、白蟹神社の境内を通って戻る――というルートを考えていたから。

「まあ、大丈夫だろう」

鷹揚にそう答えて、私は予定どおりに道を折れた。

猿たちがこちらを気にしている様子はない。敵意を示さなければ、向こうから襲ってくるようなことはあるまい。

私たちが降りていくにつれて、猿たちは散り散りになって道から離れていき、やがてどこにも姿が見えなくなった。ここからは各々が単独行動で「悪さ」をしてまわろう、とでもいうように。

長々と続く古い土塀が前方右手に現われたのは、そこからさらにいくらか道を降りていったところで、である。塀の向こうには、何百坪もありそうな広い敷地が。鬱蒼《うっそう》とした木々に囲まれて、これもまた見るからに古い、けれども大きな木造の家が建っていた。

ああ……これは。

と、私はその家を目の当たりにして、思い出さざるをえなかったのである。

これは三日前、病院で石倉医師が語っていた、例の……。

……〈タマミフルの家〉、か。

「現在ではQ製薬の所有物であるあの家は、云ってみれば隔離施設、なのです」

三日前のあの時、医師はそんな説明を続けたのだった。

「どこまで真実なのか不明な、やはりあくまでも噂の域を出ない話ではあるのですが」

「隔離、とは？　いったい……」

と、それでもまだ首を捻《ひね》る私に、医師は云った。気のせいか、口許にうっすらと妖《あや》しげな笑みを浮かべながら。

「何となく想像はついているんじゃありませんか。

　タマミフルの副作用で異常行動を示すようになり、どうしてもそれが回復しないという特殊ケースがある、とさっき云いましたよね。つまり、そういう子供たちをあそこに集めて世間から隔離し、治療および研究を行なっているという」

「ははあ」

「まあ、あくまでも噂レベルの話、なのですが……」

……これか。

　これが——ここが、そうなのか。

　このいかにも古びた建物の中に、タマミフルの副作用のため異常を来《きた》した子供たちが、もしかしたら何人も何十人も閉じ込められていて……。

けけけけ……というような、あの不気味な笑い声が聞こえたのはその時である。

けけ
けけけけけけけけ……

私は慌てて周囲を見まわしてみて、〈タマミフルの家〉の土塀の上にいるそれを見つけた。

猿ではない。

やはり猿などではなく——。

茶色っぽい……灰茶色の服を着た、あれはヒトだ。ヒトの子供だ。

一メートルに満たないような身長しかないのに、驚くほどの素速さで動き、塀の上にも自在に跳び乗り、駆けまわる。タマミフルの副作用でそのようになってしまった子供の一人がきっと、けけけけ、隔離・収容されているこの〈タマミフルの家〉からときどき、けけけけ、こっそり脱《ぬ》け出して……………けけけけけけけけけけ、け。

呆然《ぼうぜん》と立ち尽くす私に、

「どうしたの」

と、妻が胡乱なものを見る目を向けた。——のだが。

「あ、あれを……」

答えて、私が土塀の上を指さした時にはもう、子供は塀の向こうに姿を消していたのである。

忘却と追憶

1

どっ、どどんっ……と、音が聞こえてきた。——ような気がして、目が覚めた。目覚めぎわには、これは雷鳴か、とも感じたのだが、

どんっ、どどどっ……

続けて鳴り響いた音を聞いて、いや違う雷ではない、と思い直す。じゃあ、これは打ち上げ花火か？　どこかで花火大会でも……と寝ぼけた頭で考えていたが、結論から云うとそれも違った。だいたいそう、五月初めのこの時期にこの近辺で花火大会があるなんて、そんな話は聞いたことがない。

横になったままでしばらくのあいだ耳を澄ましてみたけれど、音はもう聞こえてこなかった。——はて。

枕許《まくらもと》の時計で時刻を確かめた。

午後四時過ぎ、である。

ゴールデンウィーク明けに一つ、ちょっと難儀な原稿の締切が待ち受けているため、またぞろ生活が昼夜逆転しつつあった。仕事を終えてベッドに倒れ込んだのが正午頃だったと思うが、四時間後のこのタイミングで目覚めてしまったのはまあ、良しとしよう。まだ陽があって外は明るい。起きたら夜ですっかり暗くなっていて……というのはやはり、精神衛生上よろしくないから。

寝室を出て階下のリビングを覗《のぞ》くと、妻がいて猫たちとのんびりしていた。

「あ、おはよう」

パジャマ姿の私を見て、彼女は軽く首を傾げながら、

「ああ、うん」

「ひょっとして今の音で、目が覚めちゃったのかな」

「賑《にぎ》やかだものねぇ、毎年この日は」

「――って、何だっけ」

と、私も軽く首を傾げてみせた。

「雷じゃなかったみたいだし、花火でもないし……ええと」

「あれえ」

妻は少し目を丸くして、

「何をまた、そんな」

分かってないの？　忘れちゃったの？

とでも云いたげなそぶりで、庭に面した窓を見やる。窓は開け放たれていて、さっきのような激しい重低音ではないが、外から何やら人のざわめきのような音が伝わってくる。——ような気がした。

紅叡山《こうえいざん》の麓《ふもと》の非常に閑静な土地なので、日中でも普段は、車の走行音すらめったに聞こえてこない。しかもこの庭の向こうにあるのは、小規模ながらも鬱蒼《うっそう》とした神社の森である。そんなわけで私は、いったい何事かとまた首を傾げてしまったのだが。

「今日はほら、白蟹《しろかに》神社のお祭りでしょ。毎年この時期は、こんな感じで賑やかになるじゃない」

「ああ……そう云えば」

なるほど、そうか。さっきのあれは、神社の境内で打ち鳴らされる太鼓の音、だったのか。

どどっ、どどどんっ……

と、同じような重低音が脳裡《のうり》に蘇《よみがえ》って響いた。

どどどどっ、どどっ、どどん……

場所は違うが、これはそう、深泥森《みどろがもり》神社の秋祭りの賑わい。何年か前、件《くだん》の深泥丘《みどろがおか》病院の〈奇術の夕べ〉に参加したあの時、会場まで聞こえてきていた、あの。

呼応して、なぜかしら脳裡に現われて這《は》い寄ってきた黒い大蛇のイメージを振り払いながら、私は妻に訊《き》いた。

「どんなお祭りなのかなあ、白蟹神社のは」

彼女はすると、「あれえ」とまた少し目を丸くして、

「ここに引っ越してきた年、一緒に見にいったでしょう。なかなか面白いお祭りだなあってあの時、云ってたくせに」

——と云われても。

慌てて記憶を探ってみたが、心当たりがなかった。この家に越してきたのが、かれこれ七年ほど前。妻の話が本当なら、すっかりその頃の体験を忘れてしまっているわけか。

こういった事態にはしかし、いいかげん馴《な》れっこになりつつある私であった。

「ああ……まあうん、そうだったっけ」

鷹揚《おうよう》に応じて、そろりと窓のほうへ視線をやった。

「じゃあ、久しぶりに見にいってみようか」

「なかなか面白いお祭り」という、過去の自分の感想も気になった。何がどう「面白い」のか、せっかくこんなタイミングで目が覚めてしまったのだから確かめにいきたい、と思えてきたのである。

大急ぎで身づくろいをすると、せっかくだからお向かいの森月《もりづき》夫妻にも声をかけてみて、けっきょく四人で連れだって白蟹神社へ向かった。

2

裏手から神社へ入り込む細道をしばらく進むうち、祭りの賑わいが見えてきた。日没まではまだしばし間があるが、丈高い木々に囲まれた境内は薄暗くて、ぽつりぽつりと立つ灯籠《とうろう》にもう火が灯《とも》っている。

老若男女の、「黒山の」とまではいかないが、それなりの人だかり。散歩で通ることはよくあるこの神社だけれども、こんなに人が集まっているのを見るのは初めてだった。

もっとも、ここは町の観光地図に大きく記載されているような有名スポットではない。云ってみれば地元密着型の小神社、なので、たとえば深泥森神社の秋祭りのように露店が出たりして賑わっているわけではない。集まった人々はおそらく、付近の住民がほとんどだろう。考えてみれば、うちも確かこの神社の氏子《うじこ》だったはずで……などと思うまに、

どっ、どどっ、どどんっ
と、ふたたび太鼓の音が鳴りはじめた。続いて今度は、篳篥《ひちりき》や笙《しょう》のおごそかな音色が。——まったくその方面のあれこれには疎い私だが、さすがに「雅楽」という言葉くらいはすんなりと出てきた。

「いいところにまにあいましたね」

と、並んで歩いていた森月氏が云った。

「この辺からが、白蟹のきめんさいのハイライトですよ」

「きめんさい？」

思わず私は聞き直したのだけれど、森月氏は何とも答えずにすたすたと先へ進んでいく。

きめんさい？

心中でその言葉を反芻《はんすう》しながら、私も遅れないよう歩を進めた。やがて——。

あれは「舞殿《まいどの》」あるいは「神楽殿《かぐらでん》」とでもいうのだったか。奥の本殿や拝殿へ続く石段の手前の、そこそこの面積がある広場の中央に、正方形の舞台と高い屋根を備えた古い木造の建物が見えてくる。ざっと五、六十人の人々が今、この舞台を取り巻いていて……。

「太鼓以外の音は録音なんですよね」

森月夫人の海子《うみこ》さんと妻の会話が、後ろから聞こえてきた。

「ライヴで演奏するのはきょうび、何かと大変なんでしょうね」

「これまではずっと録音テープを使ってたみたいだけど、今年はもう iPod だったりして」

くすす……と、二人して小さく笑う。

「……あ、ほら。始まってる」

私は足を止め、舞台に注目する。集まった人々の身体や頭に遮られて捉《とら》えにくいものの、何とか舞台上の様子が見える距離までは近づけていた。

純白に鮮やかな朱色の装束《しょうぞく》をまとった巫女《みこ》が二人、舞台に上がっていた。ここから何か伝統の舞でも始まるのかと思いきや、彼女たちに招かれるようにしてまもなく、宮司《ぐうじ》らしき背の高い人物が登場する。

おおう……というふうな声が人々の口から溢《あふ》れ、境内をざわめかせた。

私も知らず同じような声を洩《も》らしていたが、これにはわけがある。登場したその人物の風体がたいそう異様で、意表を衝《つ》かれてしまったのだ。

身にまとった装束が、上から下まで真っ黒なのである。加えて、その人物(――たぶん男性)は顔に、これもやはり真っ黒な面をつけているのである。距離があるためはっきりとは分からないが、その黒い面は何かしら、私がかつて一度も見たことがないような、人ならぬものの顔を模した奇妙な代物……のような気がした。

きめんさい。

さっきの森月氏の言葉が、おのずと思い出された。

「きめんさい」とはすなわち、「奇なる面の祭り」――「奇面祭」ということなのだろうか。

そうこうするうち舞台には、さらに三人の人物が現われた。

黒い面をつけた宮司と同じような黒装束の男が二人。その二人に両側から身を支えられるようにして、もう一人。

三人めは普段着姿の、見たところ四十がらみの中年男性だったが、何だか足許がおぼつかない。よろよろふらふらぐらぐら……という感じの、まるで酒か薬に酔ってでもいるふうな足どりで中央まで進み出る。

黒装束の二人はそこで舞台から退き、代わって先の巫女二人が、男の両側に付き添った。

どどどど、どど、どどどどどんっ……

乱れ打ちのような太鼓の音が響き渡り、とともに舞台にはまた一人、今度は三人めの巫女が現われる。

彼女は大きな赤い盆を両手で持っていた。黒い面の宮司の前までしずしずと進み、一礼して盆を差し出す。いったいその盆の上に何が載っているのか、私の立つ場所からは見えなかったのだが――。

どんっ

と、ひときわ激しい太鼓のひと打ち。

それを最後にぴた、と音がやんだ。テープかiPodで流されていた篳篥や笙の音も同時に止まり、人々のざわめきも完全に消え……瞬時にして、境内は気味が悪いほどの静けさに包まれた。

黒い面の宮司が、差し出された盆の上から何かを取り上げ、皆に示すように掲げてみせた。私は背伸びをして目を凝らし、かろうじてそのものの姿を捉えた。それは――。

銀色の面、であった。

細部までは見て取れない。だが、くすみのある銀色に塗られたそれが、顔の真ん中に大きな〝ひとつ眼〟――「五山《ござん》の送り火」の「目形《めがた》」に似た◎の模様――が描かれた奇怪な面であることだけは、遠目にもはっきりと分かった。

「〈忘却の面〉です」

隣にいた森月氏が、私の心中の疑問に答えるかのように小声で云った。

「原材料はオオネコメガニの白子《アルビノ》の甲羅、なんですよねえ」

オオネコメガニ？

ネコメガニという海産の珍種は知っているが、それに「オオ」が付く蟹《かに》が存在するのか。——という私の心中の疑問にまた答えるかのように、

「前世紀の半ばに絶滅したんですよね、オオネコメガニは」

と、森月氏は小声で続けた。

「だからあれ、物凄《ものすご》く貴重な品なんですよねえ」

「へぇぇ。そうなんですか」

思わず声に出して応じていた。

「しかしその、〈忘却の面〉というのは」

人差指を唇に当てて、森月氏は「しっ」と私に沈黙を求めた。私は慌てて口をつぐみ、舞台に再注目する。

銀色の面を掲げた黒い面の宮司が、男に歩み寄った。男はその場に直立しているが、上半身はふらふらぐらぐらと揺れつづけている。それを二人の巫女が両側から押さえつけるようにしてじっとさせ、そして——。

宮司の手によってその奇怪な面——〈忘却の面〉が、男の顔に押し当てられたのである。

巫女の一人が素速く、面の留め紐《ひも》を頭の後ろにまわして結ぶ。それを上下二本ぶん、

続けて行なった。

男はその間、何も云わずに直立しつづけていたが、面をつけおえた三人がおもむろに彼から離れると、何やら茫然《ぼうぜん》としたような動きで周囲を窺《うかが》った。大きな⓪が描かれたオオネコメガニの甲羅（で作られた面）が、この距離からだとよけい、〝ひとつ眼の怪人〟の顔めいて見えてしまう。

面の下からやがて、声が洩れはじめた。

うぅぅ、うううぅぅぅ……というふうな、かぼそい声が。

呻《うめ》きとも咽《むせ》びともつかぬ、気のせいか深い憂いと悲しみを含んだような声が。

そんな舞台上の様子を、集まった人々はひたすら息をひそめ、身じろぎもせずに見守っているのだった。

「忘却の儀式、なんですよ」

森月氏が小声で解説してくれた。

「〈忘却の面〉には、〝嫌なこと〟〝忌まわしいこと〟を忘れさせてしまう、という効用があるのだそうです。毎年この祭りでは、ああやって誰かが右代表であの面をつける。そうしてみんなの代わりに……みんなのぶんまで、忘れてしまいたいさまざまなことを忘れてくれるんです」

半ば呆気《あっけ》にとられつつも、私は「ははあ」と頷《うなず》いた。

「――にしても、変わった風習ですね」

「――ですね。あまり広くは知られていないようですが」

「私も今日、初めて知りました」

「だからぁ」

と、ここで妻が割って入ってきた。

「引っ越しの年にね、二人でこのお祭り、見にきたでしょ。あの時も、今のと同じ儀式をやってて」

「ああ……まあ、うん」

私は生返事をするしかなかった。

いくらそう云われても、思い出せないものは思い出せないのだ。彼女がそんな嘘をつく理由はないから、やはり私のほうがその体験を、きれいさっぱり忘れてしまっているのか。

夕暮れが迫る神社の森の静寂に、あっけらかんとウグイスの鳴き声が響いた。

3

しばらくののち、黒い面に黒装束の宮司が舞台から降り、巫女たちに付き添われて右代表の男も舞台から降り（〈忘却の面〉はつけたままだった）……集まっていた人々が三々五々、場を離れはじめたのを機に、私たちは拝殿のほうへ向かった。せっかくだから参拝をして、願いごとの一つもしておこう、というわけである。

せっかくだから、石段脇の手水舎《ちょうずや》でちゃんと手を清めた。この時、ちょうど社務所に入っていく巫女たちの姿が目に留まって――。

おや、と思った。

さっきの距離では分からなかったのだけれども、三人のうちの一人の顔に見憶《みおぼ》えがある、ような気がしたのだ。あれは――。

あれは深泥丘病院の、咲谷《さきたに》看護師？

見直して確かめるいとまもなく、巫女たちは社務所の中に消えた。

はて――と、私は思いあぐねる。

今のは単なる気のせいか。顔立ちが似てはいたが、髪型はずいぶん違ったし、そもそも彼女は巫女ではなくて看護師なのだし……。

何となく釈然としないままに、参拝を済ませたのである。連休明けの締切をちゃんとクリアできますように、という、実にささやかで生真面目な願いごとをした。——ような気がする。

せっかくだから、帰りがけには社務所の窓口で神籤《みくじ》を引いた。こういう場所ではすっかりお馴染《なじ》みの、小ぶりなポストのような形をした「おみくじ」の自動頒布機で、だが。

先に引いた森月夫妻は、二人揃って「中吉」。次に引いた妻は、「大吉」が出たとはしゃいでいた。——で、最後に私が。

小さく折りたたまれた白い神籤箋《せん》を開いてみて、思わず「んん？」と首を捻《ひね》ってしまったのである。

「何だ、これ」

「どうしたの」

と、妻が訊いた。

「凶が出たの？　凶？　大凶？」

「いやいや、そうじゃなくて……」

私は神籤箋に目を落としたまま、

「何なんだろう、これ」

　普通こういった神籤には、吉凶の他にもそれらしきアドバイスの文言が記されていたり、「願事《ねがいごと》」「待人《まちびと》」「失物《うせもの》」「商売《あきない》」「学問」「争事《あらそい》」「恋愛」「転居《やうつり》」「病気《やまい》」等々の項目が並んでいたりするものだけれど、私が引いたこれにはまったくそのような記載がない。あるのは、何の説明も添えられていないたった一文字だけで、それは――。

　　奇

だったのである。

「あれえ」

　と、私の手許を覗き込んだ妻が云った。

「珍しいの、引いちゃったのねぇ」

　ううむ。確かに神籤で「奇」とは、珍しいには違いないが。

「こんな、『奇』なんていうお神籤ってそもそも、あるものなのかな」

　私は大真面目に問うてみたのだが、妻も森月夫妻も、私のその質問自体を訝《いぶか》しむように目配せをしあうばかりで、何とも答えてはくれなかった。

4

参拝のご利益《りやく》なのかどうか、難儀を感じていた連休明けの締切の原稿はその後、存外にすんなりと書き上げることができた。ところが、それと引き替えに——というわけでもなかろうが——、私は夜ごと妙な夢を見るようになったのである。

「妙な」と云うよりも、はっきり云ってそれは何とも嫌な、不快な夢だった。

白蟹神社のあの祭りで見た、あの〝ひとつ眼〟の面。絶滅したオオネコメガニのアルビノの甲羅で作られたというあの奇怪な面を、私自身が無理やり顔につけられてしまう、そんな夢。

実際には遠くからしか見ていないにもかかわらず、夢に現われるその面はいやに生々しく、細部の形状や造作、色合いまでくっきりしていた。

くすみのある銀色に塗られた表側。塗料が厚く重ねられていても、甲羅のでこぼこやざらざらの感じは残っていて、中央にはもともとそこにあったのであろう◎をなぞりながら、限りなく黒に近い茶色の線で大きな〝ひとつ眼〟が描かれている。◎の両端には、小さな穴が一つずつあいている。面をつけた者のための覗き穴なのだろう。

この面を持って私の前に立っているのは、祭りで見たあの黒装束の宮司である。だが、彼はあの時のような面をつけてはおらず、目と鼻、口の部分だけに穴のあいた真っ黒な山形頭巾《ずきん》をかぶっている。色が白ならば、まるでＫ Ｋ Ｋ《クー・クラックス・クラン》のような……ああ、これはいつか、どこかで見た憶えが。

確かそう、いつだったかの〈奇術の夕べ〉に登場した〈深泥丘魔術団〉のマジシャン。名前は確か、ミスター外戸《そとと》という……。

両手で面を構え、私の顔に近づけてくる。

甲羅の裏側は塗りの加工が施されておらず、何となく生のカニっぽい様子で。さすがに肉やミソが残っていたりはしないが、鼻先にそれが迫ると何だかもう、どうにも生臭い臭《にお》いが漂ってきて……。

……嫌だ。

私は断固、拒否の意志を示そうとする。

ああ、嫌だ。嫌だ嫌だ。そんなものをつけられるのは嫌だ。そんな生臭い、胡散臭《うさんくさ》いものを顔につけられるのは……。

逃げようと試みるが、かなわない。両側からがっちりと腕を摑《つか》まれていて、動けないのだ。摑んでいるのは二人の巫女だった。見ると、彼女らは二人とも看護師の咲谷と同じ顔をしている。

「まあまあ。そう嫌がらず」

山形頭巾のマジシャンが云った。

「これはあなたが望んだことなのですから」

私が望んだ？　――知らない。そんな話は知らない。

「さあさあ。おとなしくしなさい」

嫌だ、知らない、望んでなどいない、嫌だ嫌だ嫌だ、嫌だ……と、せめてもの抵抗として頭を振り動かすが、しょせんは無駄な努力、であった。

生臭い甲羅の裏側の、なぜかしら異様に柔らかな、そして異様に冷ややかな感触が
やがて、顔に…………………………………………………………………………

「嫌だあっ！」

掠《かす》れた声を発して、私は目が覚める。今のが夢だと気づき、安堵《あんど》の息をつく。

――と、そんな繰り返しが始まってすでに何日かが経つのだが、目覚めるたびに私は独り、ぐるぐると埒《らち》もない考えを巡らせるのだった。

あの奇怪な、〝ひとつ眼〟の面。

あれは〈忘却の面〉。

〝嫌なこと〟や〝忌まわしいこと〟を忘れさせてしまう力がある――と、そんな云い伝えを持つ奇面。

もしもその云い伝えが本当で、もしも私がかつて（なぜなのかは分からないが）、祭りの日に見たあの男のように、あの〈忘却の面〉をつけられた経験があったのだとしたら。――だから私は、こんな生々しい夢を繰り返し見るのではないか。だから私は、もしかして……。

5

思い余って件の深泥丘病院へ行き、主治医の石倉《いしくら》（一）医師の診察を受けたのが五月も半ばのことである。

と云っても、そういう悪夢を見るから何とかしてほしい、といきなり訴えたわけではない。表向きは「睡眠障害」の相談。不規則な生活が祟《たた》って眠りが浅かったり短かったり、ひどい時には眠れなくなったり……というのはもはや珍しい事態ではないので、医師はいつものようにしかるべき薬を処方してくれた。

「眩暈《めまい》のほうは最近、いかがですか」

訊かれて、「ああ、云われてみれば——」と私は答えた。

「今年はまだ一度も出ていませんね」

「それは良いことです。あなたの場合は多分に神経性・ストレス性のものですから、やはりそうですね、普段からなるべく気持ちをリラックスさせるように心がけていただいて……」

云いながら、左目を隠したウグイス色の眼帯に指を添える医師に向かって、そこで私は意を決し、切り出したのである。

白蟹神社の祭りで使われる〈忘却の面〉を知っているか？　と。

「ほほう」

医師は右の目を細め、頷いた。

「そう云えば、お住まいはあの神社のお近くでしたね。――ええ。よく知っていますよ、〈忘却の面〉のことは」

脳神経科が専門のドクターでありながら鉄道マニアでもあり、なおかつこの町の歴史などにもいやに詳しい、という石倉（一）医師であった。ちなみにこの病院には、彼とそっくりな顔で右目にウグイス色の眼帯をした消化器科の石倉（二）医師と、やはりそっくりな顔でウグイス色のフレームの眼鏡をかけた歯科の石倉（三）医師が、いる。

「実は今月の初め、あの神社のお祭りで私、あの面を使った儀式を見たのです。するとこのところ、しばしば嫌な夢にうなされるようになりまして。それがその、自分があの面を無理やりつけられてしまう夢で」

「ほほう」

「それでその……一つ思いついたことが。思いついて、疑いが膨らみはじめて」

「疑い、ですか」

「――はい」

相応のためらいを覚えつつも、私は話したのだった。ここ数日どうしても頭から離れようとしない、ある大胆な仮説を。

「先生にもこれまで、幾度かご相談している問題ですが、この何年か私、とみに物忘れがひどくて、いろいろなことを忘れてしまう。完全に忘れないまでも、記憶が妙に曖昧《あいまい》になってしまうんですね。しかもその、曖昧化するのはたいてい、何か恐ろしいものを見たとか、怪しい体験をしたとか、そういう種類の記憶である――ような気がするんです」

「ははあ」

医師は眼帯にまた指を添えながら、

「ひょっとしてあなたは、それが〈忘却の面〉のせいではないか、という疑いを抱いておられる?」

「そう。そうなんです」

私は真顔で答えた。

「何年か前――たとえば今の家に引っ越してきた年に、私は実際にあの神社の祭りで〈忘却の面〉をつけられて、あの面の力によって〝嫌なこと〟や〝忌まわしいこと〟を忘れさせせられてしまった。面をつけられたその時の経験自体も、面の力で忘れてしまっているわけで……今でもいろいろな記憶が消えたり曖昧化したりするのは、云ってみればその、後遺症のようなものなのではないかと」

「〈忘却の面〉の後遺症、ですか。――ふむ。さすがになかなか面白い発想をされますね」

「どう思われますか、先生は」

医師は「はて」と呟《つぶや》きながら右の目をしばたたかせ、

「私としては立場上やはり、そんな非科学的な現象は起こりえない、と申し上げねばなりませんが」

「――ですよね。しかし、先生」

何とも妄想じみた考えだ、とは重々承知のうえで、なおも私は訴えずにはいられなかったのである。

「幾度かこの病院で脳の検査をしていただきましたが、何も異常は見つからなかったわけです。なのに、現実問題として私は……」

「引っ越してこられた年にいきなり、ということはないはずですけれど」

と、そのとき割り込んできた声が。

「えっ」と驚いて目を向けると、いつのまに来ていたのだろうか、部屋の隅に若い女性看護師が立っている。

「あ、咲谷さん」

彼女の姿を認めるなり、私は思わず問いかけていた。

「白蟹神社で先日、あなたに似た巫女さんを見かけたんですが、あれは……？」

「わたしです」

看護師はあっさりとそう答えた。

「ちょっとご縁がありまして、お祭りの時だけのアルバイトで、何年か前から」

「アルバイトの巫女さん、ですか。でもあの、髪型がずいぶん違っていたような。もっと長くてストレートの……」

「ウィッグですよ、もちろん」

微笑して、看護師は「ですからね」と言葉を接《つ》いだ。

「ここ何年かについてはわたし、あの儀式の舞台に上がられた方々のお顔を、近くで拝見しているんです。けれど――」

「その中に私はいなかった、と？」

「はい。それにさっきも云いましたとおり、引っ越してこられていきなり、ということはないはずなんです。資格の問題があるらしいので。あの舞台に上がるには、一定期間以上あの神社の氏子でいらっしゃる必要がある、と聞きます」

「ははあ……」

反論の余地はない。――ように思えた。結局はやはり私の考えすぎ、あらぬ妄想であった、という話なのか。

「ところで、そう――」

と、ここで語りはじめたのは石倉医師である。

「白蟹神社には少々、変わったいわれがありましてねえ。これはご存じありませんでしたか」

「――さあ」

「この町の、この地区にある多くの神社の中でも、とりわけ変わっている。見方によっては実に興味深い……」

「と云いますと?」

「あの神社はね、祀《まつ》ってある神様が謎なのですよ」

意味を取りあぐねて、私は「と云いますと?」と繰り返した。

「文字どおり謎……不明なのです」

ちらりと看護師に目配せをして、医師は答えた。

「私が地元のお年寄りから伺った話によれば、その昔はあそこ、夜坂《やさか》神社などと同じくスサノオノミコトを祀っていたそうです。神社の由緒を説明する立札なんかも、境内に立てられていたのだとか。ところが、ある時期からそれが消えてしまった、というのです」

「消えた、とは？」

「文字どおり、です。立札は撤去されて、スサノオの名を示すものはすべて消し去られ、神社の縁起を示すような史料もいっさい破棄されてしまった、と。どういうわけなのかといくら関係者に訊いてみても、誰もがかたくなに口を閉ざして、何も答えてはくれなかったらしい」

「それは……妙な話ですね」

「妙な話なのです」

「今でもその状態が続いている、というわけですか」

この質問には、咲谷が「ええ」と答えた。

「どんな神様が祀られているのか、神社のどこにも示されていないのは本当です。職員の方々にお尋ねしても、その件については皆さん、一様に言葉を濁されるばかりで」

「それは……怪しい話ですね」

「怪しい話なんです」

「『ある時期』と云われましたが、具体的にはいつから、そんなふうに」

問うと、今度は石倉医師が答えた。

「戦後まもなく、今から六十年ほど前から、だそうです。さらに興味深いことに、あの祭りの際にあのような、〈忘却の面〉を使った儀式が行なわれるようになったのも、ちょうどその時期からだったとか」

「ははあ。それはまた……」

戦後まもなく、今から六十年ほど前——と云えば、確かそう、件の如呂塚《にょろづか》の古代遺跡が発見された頃ではないか。

消し去られたスサノオ。始められた新たな行事。……〈忘却の面〉の原材料であるオオネコメガニが絶滅したというのも、森月氏によれば「前世紀の半ば」ではなかったか。

どうもこの町には、如呂塚遺跡の発見・発掘が契機であったかのようなタイミングで生じた変化、というものが多い。——ような気がするのだが……ああいや、これもまた私の考えすぎ、あらぬ妄想、なのかもしれない。

6

帰りぎわ、ふと思い出して私は、祭りの日に引いた例の妙な神籤の件を石倉医師に話した。そして、あれ以来ずっと財布に入れてあったそれを取り出し、見せてみたのである。すると——。

予想外に大きな反応を、医師は示した。

「ああっ」と声を発したかと思うと、私の手からその神籤箋を取り上げてしまい、記された「奇」の文字を喰《く》い入るように見つめる。心なしか少し、顔色が変わっているようにも……うぅむ。

いつだったか確か、同じこの診察室で、同じような彼の反応を目の当たりにしたことがある。――ような気がするのだけれど、具体的な記憶は摑めなくて何とももどかしかった。この感覚は、いわゆる既視感《デジャ・ヴュ》と同じレベルの「気のせい」なのだろうか。それとも……。

「……ああ、これは」

呟いて医師は、看護師のほうを窺った。

「どう思います、咲谷君」

「白蟹神社の、『奇』のお神籤。実物を見るのは、わたしも初めてです」

「あのう」

私はそろりと口を挟んだ。

「そんなにそれ、珍しいものなのですか」

「珍しいも何も……」

云いかけて、医師は「あ、いや」と小さく首を振り、

「まあそう、大して気になさる必要はありませんよ。珍しいのは確かなのですが」

『奇』というその文字は、いったいどんな運勢を表わしているのでしょう。ご存じなんですか」

「いやいや、それも気になさる必要はありません。気になさらず、このまま忘れてしまってもまったく問題は……」

きっぱりと答えようとしているように見えて、医師の口振りや表情には隠しがたい狼狽《ろうばい》がある。訝しむ私の眼差《まなざ》しには当然、気づいただろう。そのせいなのかどうか、医師は「ただ――」と発言を補足した。

「ただ、そうですね、これを引いてしまったあなたにはやはり、お見せしなければならないものが……」

「何でしょうか」

「と云っても、あなたが拒否する権利はむろんあるのですが。――どうします。ご覧になりますか」

何が何だかわけが分からないままに、私は「はあ」と答えた。

「でしたら、せっかくなので……」

「そうですか。分かりました」

医師は神妙な面持ちで頷くと、「では」と云って立ち上がった。

「今からちょっと、私と一緒に来てくださいますか」

「今から、ですか」

応じる私の胸中にまたぞろ、既視感めいたもどかしさが広がる。

「あの……どこへ」

「ご心配なく。遠くではありません」

私から取り上げた「奇」の神籤箋をもとどおり折りたたみ、白衣のポケットに入れてしまいながら、医師は答えた。

「このすぐ下ですから」

7

そして私が連れていかれたのは、鉄筋四階建てのこの古い病院の地下二階、だったのである。

薄暗い廊下の両側に並んだ幾枚ものドア。この先には……そう、さらに下の階へと延びる狭い階段があったはず。――何かしら不穏な胸騒ぎを伴いつつ、やおら蘇ってきた記憶の断片。

またあの階段を？　と想像して身を硬くした私だったのだが、想像とは違って、まもなく石倉医師は一枚のドアの前で足を止めた。じゃらん、と重そうな鍵束《かぎたば》を白衣のポケットから引っぱり出し、中から一本の鍵を選ぶとそれでドアを開ける。

「こちらです。さあ、どうぞ」

促され、医師について室内に入った。畳敷きにして六畳くらいの広さの、殺風景な小部屋だった。

地階だから当然、窓の一つもない。汚れたコンクリートが剝《む》き出しになった壁と天井。白々とした蛍光灯の明り。床には松葉色のカーペットが敷いてあるが、歩くと何だかぶよぶよする。もともとここは和室で、カーペットの下には古い畳が残っているのかもしれない。そんな気がした。

「さて」と云って医師が向かった部屋の奥には、大きな観音開《かんのんびら》きの扉を備えた棚が据えられていた。全体が黒塗りの、何やら仏壇めいた家具である。

じゃらん、と鍵束を鳴らして、医師がふたたび一本の鍵を選び出した。ほどなくして、錆《さ》びついた金属が軋《きし》むような音とともに観音開きの扉が開かれる。棚の中から取り出されたのは、小豆《あずき》色の古びた木箱だった。

「これです」

手前にあった小机の上に、医師は木箱を置いた。

縦四十センチ、横三十センチ、高さが十五センチほどの直方体。わりあいに大きさがあるが、医師の手つきを見る限り、さほど重そうではなかった。

「どうぞご自分で蓋《ふた》を開けて、中をご覧ください」

「――はあ」

腰の引けた返事をする私を、続いて部屋に入ってきていた咲谷が、

「さあ、どうぞ」

と促した。

相変わらず何が何だか分からないままの胡乱《うろん》な心地で、私は木箱の蓋を開けたのである。そうして中に納められていたものを目にするなり、思わず「わっ」と声を上げてしまったのだった。

「こ、これは」

くすみのある金色に塗られた楕円形《だえんけい》。その真ん中に大きな◎が描かれた、奇怪な〝ひとつ眼〟の面が。

「これはいったい……」

白蟹神社の〈忘却の面〉とは色が違うし、輪郭も違っている。――ような気がするが。

混乱する私に、石倉医師が告げた。

「それは〈追憶の面〉なのです」

「追憶？」

「〈忘却の面〉と対をなすとも云える面で、原材料はクロネコメガメの甲羅だと伝えられています」

「クロネコメガメ？」

カニじゃなくてカメ、なのか。

初めて耳にする名前だけれど、〈忘却の面〉のオオネコメガニと同様、すでに絶滅したカメなのかもしれない。――にしても。

「何でこんなものが、ここに」

当然の疑問を、私は口にしたのである。病院の地下二階のこんな部屋の、鍵の掛かった棚の中に、何でこんな……。

すると医師は、眉間《みけん》にしかつめらしい縦皺《たてじわ》を刻んで、

「かなりその、複雑な事情がありましてね。そこのところはまあ、あまりお気になさらず」

「と云われても……」

「お気になさらず」

有無を云わせぬ調子でそう繰り返しながら、医師は木箱の中身に右目の視線を落と

した。

「もうお察しかと思いますが、この〈追憶の面〉には〈忘却の面〉とは逆の効用があるとされます。すなわち、この面をつけた者は、過去のさまざまな出来事を思い出すことができる、思い出してしまう、という」

黙って頷いて私は、金色の面に描かれた〝ひとつ眼〟を凝視する。医師は続けて云った。

「あなたの記憶の問題と〈忘却の面〉との関係はさておき、です。とにかくこの〈追憶の面〉をつければ、忘れてしまったあれこれをすべて思い出せる、というわけです」

「――本当に？」

私は真面目に問うてみた。

「本当にそんなことが」

「さあ、どうなのでしょうねえ」

と、医師は答えをはぐらかした。

「立場的にはやはり、そんな話は迷信にすぎない、と云わなければならないところですが」

「今までにこの面をつけた人は？」

と、私は質問の言葉を変えてみた。

「いたはずですよね、きっと。だったら、その人がその後どうなったのか、ご存じなのでは」

医師はしかし、くっと唇を引き結んで何とも答えようとしない。私は看護師のほうを振り返ったが、彼女もまた何とも答えてはくれず、妖《あや》しげな微笑を口許にたたえるだけ、だった。

「さて、どうされますか」

いくばくかの間があって、医師がおもむろに口を開いた。

「今ここで、この面をつけてみますか」

私は「ああ……」と低く呻くような声を洩らして、恐る恐る木箱に両手を伸ばした。そして〈追憶の面〉を、そっと中から取り出してみたのである。

思ったよりもずっしりとした重みがあった。目を寄せると、表面に描かれた〝ひとつ眼〟の両端に二つ、夢で見た〈忘却の面〉と同じような小さな穴が、ちちち、あいていて……ちち、ちちちちち。

不意に私は、ただならぬ予感に囚《とら》われ、ちちち、おののいた。おののいて、思わず強く閉じた瞼《まぶた》の裏……いや、正しくは頭の中に、黒々とした海が広がっていた。これは——。

これは私の頭の中の、混沌《こんとん》の海だ。散り散りになって希薄化し、曖昧化した記憶の断片が溶け込み、もはやどれがどれだか識別困難になってしまっている……混沌という名の、忘却の海。

ここに溶け込んだもののすべてを、いま手にしているこの面をつければ思い出せる、というのか。あるいは恐ろしい、あるいは忌まわしい、あるいは不可思議な、不可解な、面妖《めんよう》な……数々の記憶を。この〈追憶の面〉をつけさえすれば……ああ、しかしそれはいったい……。

長い長い逡巡《しゅんじゅん》が続いた。——ような気がしたが、実際のところ、経過したのはほんの数秒の時間でしかなかった。

「……いえ」

私は強くかぶりを振って瞼を開き、取り出した面をもとどおり木箱に納めた。

「せっかくですが先生、やめておきます」

思い出さなくていいこと、忘れたままでいたほうがいいこと、というのはある。きっとそう、たくさんある。——ような気が、したから。

その夜は、しばらく悩まされてきた悪夢から解放された。

眠りの中で私は漆黒の翼を持つ巨鳥となり、この町の歪《ゆが》んだ夜空をひそやかに飛びまわった。

減らない謎

1

じわり、と目が覚めた。

悪い夢にうなされたわけでも尿意を催したわけでもなかった。

ただ何となく、じわりと……ああいや、もしかしたら何か変わった気配を感じて、だったのかもしれない。

期するところがあってここしばらく、すこぶる規則正しい生活を続けている私である。どうかするとひどい昼夜逆転になりがちだったのをきちんと改め、遅くとも夜十二時には就寝して朝七時には起床する。その他にもいろいろと生活習慣の改善に努めているおかげか、睡眠の質も以前に比べて良くなり、眠りの途中でこんなふうに目覚めることもほとんどなくなっていたのだが――。

「目が覚めた」と云ってもしかし、実質は半覚醒《はんかくせい》状態、だったのだと思う。

ここは自分の家の自分の寝室だよなあ……と理解し、枕許《まくらもと》の時計で時刻を見て、何だまだ夜中じゃないか……と心中で呟《つぶや》きつつ、ふたたび目を閉じようとした。思考も動きも、大変にのろのろとしていた。要は寝ぼけていたのである。

そんな中でふと、妙なものを見た。――ような気がした。

ベッドのそばに、何やら輪郭のはっきりしない灰色の影が。

人とも人ならぬものともつかぬ、そんな影が何をするでもなく、ぼーっと立っていて……。

ええっ？　と驚いて見直してみたが、その時にはもう、それは消えていた。――なので、これは寝ぼけていて文字どおりあらぬものを見たような気がしただけ、なのだと思う。

口の中にふと、変に甘ったるい味を感じたのもこの時である。――のだが、これもたぶん寝ぼけていて、単にそんな気がしただけだったのだろう。

「んん……」と唸《うな》って、ほどなく私はまた眠りに落ちた。

その直前に今度は一瞬、何者かに見られているというふうな感覚に、けけけ、囚《とら》われたりもしたのだが……いや、きっとこれも単なる気のせい、だったのだろう。そうに違いない。

十月下旬の、ある夜の出来事である。

2

考えてみれば、もうすぐ齢《よわい》も五十の大台に乗ってしまう私である。

ここ数年、年齢を訊《き》かれるたびに「四十代も半ばを過ぎ……」というふうに答えてきたのだが、当然ながらヒトの年齢は毎年、一つずつ増えていくわけで——。

そうか。もう自分も五十歳なのか。——と改まって意識すると、何だか愕然《がくぜん》・呆然《ぼうぜん》としてしまう。ついこのあいだ四十代になったばかり、という気がするのに。年を取るにつれて、なぜにかくも時間の流れが速くなってくるのか。などと……ああもう、何ともはや月並みな、浸り甲斐《がい》のない物思いであることか。

そんなタイミングで、だった。

かかりつけの深泥丘《みどろがおか》病院で定期的に受けているあれこれの検査ののち、主治医の石倉《いしくら》（一）医師から、ちょっと改まった調子で告げられたのである。

「以前から云っていることではありますが、そろそろ少し、と云うか本気で、生活習慣を見直してみてはいかがですか」

「——はあ」

生返事をする私に、医師はいつになく厳しい口振りで、

「仕事柄どうしても、という事情はお察ししますが、それを盾にあまり無理をしつづけるのもいかがなものかと。今のうちに改善できる部分は改善されたほうが、長い目で見て仕事のためにも良いのではないか、と思うわけです」

「はあ。しかし、具体的にどのようにすれば」

「なかなか難しいかもしれませんが、まずはとにかく規則正しい昼型の生活をされるよう、お勧めします。夜に眠って朝に起きる。これがやはり正しいあり方でしょう。そのうえで、適度な運動を。そしてそう、できればいいかげん喫煙も控えられたほうが……」

　それらはすべて、前々から受けつづけてきた助言であり忠告だった。

　云われるたび、相応に意識して実行にも努めてきたつもりである。だが、原稿の締切その他のためについついおろそかになってしまいがち、というのが実情で、いくら改めてみても短期間で旧《もと》の木阿弥《もくあみ》、という繰り返しが何年も続いていた。

「今回の検査結果を見ると、特に問題なのは血中コレステロールと中性脂肪の値、ですが。エコーで診た感じ、肝臓にもだいぶ余分な脂肪が付いているようですし」

「脂肪肝、ですか」

「そういうことです。今日明日にどうこう、というような状態ではありませんが、中長期的に考えてやはり好ましくありません。食事にも気を遣われたほうがよろしいでしょう。この一、二年で、見た目にもだいぶ太られましたね。それも気になるところですので……」

「メタボ」という、最近になってしばしば耳にする言葉が浮かんだ。

正式名称はメタボリック症候群《シンドローム》。要は、「太りすぎるのは何かと身体に悪い」という従来の常識に医学的な理屈を添えて病名を作りました――という話なのだな、と理解しているのだが。

「分かりました」

確かにこの一、二年、前よりも身体が重く感じられたり、前はちょうど良かった衣服が窮屈になってきたり、といった自覚が大いにある。そしてそのことを自分自身、決して心地《ここち》好く感じてはいなかったものだから――。

「ここは一つ、真面目に取り組んでみます」

己に云い聞かせるつもりで、私はそう答えたのである。

煙草だけはやめられそうにない――やめたくないけれども、それ以外の部分でとにかく、やれるだけの努力をしてみようか。

石倉医師は左目を隠したウグイス色の眼帯に指を添え、満足げに深々と頷《うなず》いた。医師の斜め後ろに控えていた看護師の咲谷《さきたに》も、同じように深々と頷いていた。

これが今年の夏、八月初めの出来事であった。

3

かくして――。

その翌日からさっそく、本格的に生活習慣を改めるべく行動を起こした私だったのである。

幸いにも、次に約束している仕事は長編の書き下ろしで、しばらくは雑誌の連載が入っていない。期日までに原稿を書かねばならないのは同じだが、毎月のように厳しい締切がないのは比較的、気楽な状態である。切羽詰まってどうしても徹夜仕事になってしまう、というような事態も当面あまり発生しないだろうから。

そこで私は、日々の生活上の課題として、次の四項目を設定することにした。

一　徹底して生活を昼型に変える。起床を午前七時に定め、それに合わせて充分な睡眠を取る。

二　毎日の適度な運動。これは従来どおり、散歩で良いだろう。ただし、いくらか距離を増やし、軽い筋肉トレーニングも加える。

三　食事は一日二食（朝食兼昼食と夕食）。油物とよけいな炭水化物を避けつつ、食材はなるべく野菜を中心に。カロリー計算をして摂取量をコントロールする。間食は当然ながら厳禁。

四　毎日一度、必ず体重を計って数値をグラフ化する。

きわめてオーソドックスなアプローチ、と云えよう。

巷《ちまた》に溢《あふ》れるダイエット用のサプリメントや健康器具に食指は動かなかった。理論的に考えてこれで充分なはずだから、である。

思えば、十年ほど前にも一度、中年期のだらだらした体重増加に危機感を覚え、ダイエットを敢行したことがあった。あの時は確か、食事制限だけで頑張って、半年で十キログラム近く落とした憶《おぼ》えがある。いわゆるリバウンドもなくて、その後の数年は適正体重を保持できたものだった。

そんな過去の成功経験があるので、本気で取り組めばまあ何とかなるだろう、と高を括《くく》っていたところはある。年を取って基礎代謝が低下しているぶん、前回と同じようにはいかないかもしれないが、先の四項目に従って地道に努力を続ければ、おのずとそれなりの効果は得られるはず……。

といった決意を妻に話したところ、

「あらあら。またやるの？」

そう云って彼女は、あまり出来の良くない子供を見るような目で微笑した。

「別にそんな、身体に悪いほど太っていないとわたしは思うけど……でもそうね、止めはしないけれど」

「いやあ。何だか厳しく忠告されたものだから」

「生活習慣の改善自体は悪いことじゃないし……でもね、あんまりメタボメタボってうるさく云うの、首を傾げたくならない？　過度の肥満には注意しましょう、でいいじゃない。それをわざわざそんな病名を付けて〝病気〟にしちゃうのも、どうなのかなぁ」

うむ。云わんとするところはよく分かる。

「そんなのばっかりだし、この頃。たとえば鬱病《うつびょう》にしてもね、何でもかんでも鬱だ鬱だって病気扱いするから、新型鬱病なんていうのが出てきちゃうんじゃないのかなぁ。最近ますますヒステリックで差別的で文化破壊的な喫煙バッシングの背景にも、似たような構図があるでしょ。ＷＨＯと製薬会社が結託して〝病気〟を増やしているとしか思えない」

「同感、です」

妻は私と同じく長年の愛煙家なので、このあたりの意見はぴったりと合う。――のだが。

「しかしまあ、身体が重たくて不快なのは事実だし、何となく全体の調子も良くない感じだから……ここは一つ腹を括って、頑張ってみようかと思って」

「もちろん協力はするってば」

と云って、妻はまた微笑した。

「でも、あんまり無理しないように、ほどほどにね。かえってそれでストレスがたまっちゃったら、莫迦《ばか》みたいでしょ。ね」

「ああ、うん」

と、この時はさしたる躊躇《ちゅうちょ》も不安もなく応《こた》えた私であった。

「大丈夫。変な無理はしないから」

4

そんなこんなで八月、九月が過ぎたのである。私の意志は揺らぐことなく努力に結びつき、成果は着実に上がった。

早寝早起きには最初のうちずいぶん苦労したが、続けるとだんだん慣れてくるものである。もともと〝食〟にはさほど執着がないほうなので、野菜中心で油物を控える食事もまったく苦ではなかった。間食や夜食を断つのはちょっと骨だったが、これもまあ、何とか意志の力でクリアし……。

するとーヵ月後には、二キロ余り体重が落ちた。二ヵ月めにも一キロ半ほど。体脂肪率もそれなりに減少した。

よしよし。この調子で続ければ、半年後には適正体重に持っていけるぞ——と、測定結果をグラフに付けながら日々、満足・納得の私だったのである。

散歩は基本的に朝、と決めていた。

距離を計算して何種類かのルートを用意し、ときどきの気分でアドリブを加えながら歩いた。ひどい雨の日は無理をせず〝お休み〟にした。食事制限とセットなので、そうそう神経質になる必要もない。

ここしばらく何となく足を向けることのなかった、わが家から見て北側の地域にも、おかげでたまに行くようになった。

Q製薬の実験農園を両手に見ながら、千首院《せんしゅいん》の門前まで坂道を登る。そこから北のほう——深蔭川《みかげがわ》が流れる方面——へ向かい、紅叡山《こうえいざん》の登山口につながる蟻良々坂《ぎららざか》をいくらか進んで途中で離れ、林と田畑の間に延びる細道を降りてくる。

この道には、わが家をちょうど裏側から望める区間がある。普段は見ることのない角度からの眺めなので、通るたびにちょっと足を止めてみたりもする。かなり距離はあるのだが、あの窓が二階のホールで、あの窓が私の寝室で……というところまで、目を凝らすと見て取れた。

そこからまたいくらか細道を降りていくと、進行方向右手——北側の道沿いに、長長と続く古い土塀が現われる。塀の向こうは何百坪もありそうな広い敷地で、塀と同様、見るからに古くて大きな木造の建物が、鬱蒼《うっそう》とした木々に埋もれるようにして建っている。趣があると云えば趣のある、不気味と云えばけっこう不気味な佇《たたず》まいの家だった。

塀の切れ目に古びた門があるが、表札のたぐいはいっさい出ておらず……ああ、確かそう、ここはむかし留学生向けの寮か何かだったのを、近年になってQ製薬が買収して……という知識が、けけけ、記憶のどこかでもぞもぞと動く。ああ……そうだ。そして確か、この家には……。

……と、そこまででそれはうやむやになってしまう。去年の秋頃に確か何か、この家にまつわる妙な話を聞いたはずなのだが……はて、どんな話だっただろうか。——思い出そうとしても、うまく思い出せない。

というような記憶の曖昧《あいまい》化・希薄化に、ここ何年かずっと悩まされつづけてきた私である。けれども最近はもう開き直って、あまり深く考えないようにしていた。

思い出せないものは思い出せない。忘れるものは、けけけけ、忘れる。無理に思い出そうとしても、けけ、必ずしも良いことはないだろうから。

5

そんなこんなで十月も終わり、十一月に入るとすぐに私は深泥丘病院を訪れた。インフルエンザのワクチン接種のため、である。これで今シーズンは、タマミフルのお世話にならずに済むだろう。

「おや。少しすっきりされたようですね」

石倉医師に云われて、私は「はい」とささやかに胸を張った。

「ご助言に従って、生活習慣の改善とダイエットに努めています。おかげさまで、多少は身体が軽くなってきたようで」

「ほう。それは良いことです」

医師は満足げに右目を細めた。

「では、そうですね、次回は血液検査をして数値を確かめましょうか」

云われて、「はい」とまた胸を張った。この時点では、八月からの努力の成果について自信満々の私だったのである。
ところが――。

6

どうもおかしいな、と感じはじめたのは十一月も二週めに入った頃からだった。先月――十月の一ヵ月で落ちた体重は一キロと少々、だったのだけれど、どうもその後、グラフの動きが思わしくないのである。

八月以来、順調に減少しつづけてきた体重が、ここに来て減り悩んでいる――と云うか、日によってはむしろ増加に転じかねない様子なのだ。これは私にとって、かなり予想外・計算外の事態だった。

なぜに？

決めた四項目はずっと守りつづけているのである。

先月末と今月初めに担当編集者と会食する機会があったが、これまでの成果が無に帰してしまうような暴飲や暴食はしていない。食事のカロリー計算も怠っていないし、悪天候の日以外はちゃんと散歩にも出ている。間食も基本、していない。

なのに……。

もともとあまり好きじゃないので、酒を飲む習慣はない。酔っ払って正体をなくした勢いでよけいなものを食べてしまう、ということも、だからない。コーヒーや紅茶は好きで日に何杯も飲むが、砂糖やミルクは入れないようにしている。野菜中心の食生活を心がけるようになって以来、便通もすこぶる良い。体重計が狂っているわけでもない。

なのに……なぜ？

なぜ、これまでと同じように減っていかないのだろうか。

ダイエットの効果で体質が変わり、あるところで減り止まる、ということもあるようだが、それにはまだ早すぎると思う。前回の経験からして、同じ努力を続ければ少なくとも半年間は同じようなペースで体重の減少は続くはず……なのに。

年を取ったからそうはいかない、という話なのか。――いや、加齢による基礎代謝の低下も織り込んだうえで立てた今回の計画、である。始めて四ヵ月めにして破綻《はたん》するとは思えない。――おかしい。やはりこれは、どう考えてもおかしい。

などと思い悩みつつも。

とりあえず今月いっぱいは、これまでと同じ生活を続けながら様子を見てみようか、と決めた私だったのである。

ところが——。

7

「どうもおかしいんだよなあ」

十二月に入ってとうとう、私は妻に悩みを打ち明けることになった。

「決めたとおりに食事制限をして、運動もして……ちゃんとしているはずなのに先月からこっち、体重が減らないんだけど。どうしてだと思う」

「もうだいぶすっきりした感じだから、いいんじゃないの？」

と、彼女は至って呑気《のんき》な口振りで答えた。

「五十になってあんまり痩《や》せてるのも、何だか貧相に見えるから」

私は少々むきになって、「いやいや」とかぶりを振った。

「適正体重まであと数キロなんだから、ここはやっぱり目標を達成したいし。それに何と云うか、理論的におかしい、変なんだよなあ」

「体重が減らないのが？」

「うん。ここまできちんとコントロールしているんだから、どう考えても減らないはずがないわけさ。それが先月は結局、減らないどころか二キロ以上も」

「増えちゃったの？」

「――増えた」

「へぇ。どうして？」

「だから、それで頭を悩ませているの」

「うーん」

「いろいろ可能性を考えてみたんだけど、謎なんだよなあ。摂取カロリーと消費カロリーの計算は間違っていないはずで……だから、八月から十月までは順調に減っていたんだよね。十一月になって突然、激しく基礎代謝が下がったとは考えられないし、そんな自覚もない。風邪で寝込んだりもしていない。なのに、どうしてこんなことが起こるのか」

「うーん。確かにまあ、ちょっと謎かも」

そう応じつつも彼女は依然、どこか呑気なそぶりである。だが、私にしてみればこれは大問題だった。

せっかく決行しているダイエットがうまくいかない、という苛立《いらだ》ちも、むろんある。しかしそれよりも、理屈に合わないこの事態そのものに対する不審と疑念のほうが、大きく重く心にのしかかっていた。

「ひょっとして――」

妻が、ふと真顔になって云った。

「ひょっとしてあなた、無意識のうちに何か食べてるんじゃない？」

「はあ？」

私は意表を衝《つ》かれた。

「無意識のうちにって、そんな……どういうこと？」

「夜中に起き出して、冷蔵庫の中を漁《あさ》ったりして……けれども自分では、それを憶えていないとか」

「まさか。そんな、夢遊病みたいな」

「でも、絶対にありえない話じゃないでしょう」

「そ、そうかなあ」

狼狽《ろうばい》しつつ、私は想像してみる。

――夜。十二時前にベッドに入り、眠りに落ちた自分が、たとえば明け方近くになってむくりと起き上がる。そうして半覚醒状態のまま寝室を出て、ふらふらと階下に降りてキッチンへ行き……炊飯器や鍋《なべ》、冷蔵庫の中の〝残りご飯〟を、あるいは食品庫に置いてある調理が不要な食べ物を、空腹を満たしたい本能に任せてがつがつと食べてしまう。食べおえると、ふらふらとまた二階に上がって寝室へ戻り、もとどおりベッドに入って寝息を立てはじめる。そうして朝、起床した時には、何時間か前の自分の行動をきれいさっぱり忘れていて……。

……ありうるのか。

そんなことがいったい、ありうるのだろうか。

大真面目に考えてみて唯一、かろうじて思い当たるふしが。それは——。

早寝早起きの習慣を維持するため、ときどき使っている睡眠導入剤、だった。

服用すると三十分ほどで効果が現われ、するりと入眠できる。ごく普通に病院で処方されている薬だけれど、これには一つ有名な副作用がある。服用後、効果が持続している間の記憶がしばしば消えてしまう、という副作用である。

もしもそのせいで、私が自分自身の〝夜中の盗み喰《ぐ》い〟の記憶を失ってしまっているのだとしたら……。

「……まさかね」

と云って、私はぎこちなく笑ってみせた。が、すぐに表情を引きしめて心中、このように呟いたのである。

「可能性は認めなければならない、か。認めて、実際のところを確かめなければ」

8

二つの対策を、私は講じようと決めた。

一つは、件《くだん》の入眠剤の服用をなるべく減らす、できればやめること。

いま一つは、炊飯器や冷蔵庫、食品庫その他に存在する食べ物の量や数を毎晩、寝る前にチェックする。そうして翌朝の起床後、それらが減っていないかどうかを確認すること。

前者によってまず、〝自分自身で把握できていない自分自身の行動〟の可能性を排除できる。

後者によって、〝夜中の盗み喰い〟の有無が間接的に確かめられる。

妻にはすべてを説明したうえで、私はすみやかにこれを実行に移したのである。

かれこれ四ヵ月にわたって規則正しく早寝早起きを続けてきたおかげか、入眠剤は存外にすんなりとやめられた。

食べ物の残量確認はいささか面倒そうだったが、チェック表を作ってキッチンの壁に貼り、妻の協力も得ながら毎晩毎朝、細かく調べて書き込んでいくよう心がけた。やると決めたこういう作業については、すこぶる几帳面《きちょうめん》な私なのである。

結果——。

少なくともこの対策を始めて以降、〝夜中の盗み喰い〟はいっさいない、という事実が確認されたのだった。

ところが、である。

十二月も半ばを過ぎた時点で、私の体重は何と、前月に比べてまたしても二キロ近くも増加していて……。

……ああ、なぜに？

立ちはだかる〝減らない謎〟に、私はいよいよ思い悩まざるをえなかった。

9

入眠剤の服用中止によって、みずからの行動に対する不信・疑念は払拭《ふっしょく》された。だからたとえば、夜中にむくりと起き出した自分が、家の中にある食べ物を漁るのではなく、ふらふらと近所のコンビニまで出かけて何か買い喰いをしている、というような可能性も、もはや考えられないのである。

なのに、減らない体重。

なのに、増える体重。……

私の疑いの目が、同じ家に住まうもう一人の人間——すなわち妻に向けられるようになったのは、致し方のない流れだったと云えるだろう。

ひょっとしたら——と、私は恐ろしい想像をしてしまうわけである。

夜中に妻が、私の寝室に忍び込んでくる（仕事上の理由もあり、寝室は昔から別々にしている私たち夫婦だった）。ぐっすり眠り込んでいる私の口の中へ、彼女はそして何か、カロリーの高い流動食を流し込むのだ。私が目を覚ましたりしないよう、ゆっくりと少しずつ。

——といった秘密工作が夜な夜な、行なわれているとしたら。

彼女がなぜそんな真似をするのか、理由は分からない。分からないがしかし、他に該当する人物がいないではないか。

夜間の戸締まりに抜かりはない。私が眠っている時間、この家の中にいるのは妻だけなのだ。わが家には私たちの他に室内飼いの猫が二匹いるけれど、二階にある私の書斎や寝室は、彼らの立入禁止区域になっている。たとえ入ってこられたとしても、もちろん猫たちにそんな工作ができるはずはないし……やはりそう、彼女しかいないのである。

だが、しかし——。

眠っている人間の口にこっそりと流し込んで食べさせて、それだけでダイエットを阻止する、あまつさえ体重を増やしてしまうなんて、そんなことが可能な食品がいったい、あるのだろうか。

そう考えたところでふと、こんなやりとりを思い出した。いつだったかは忘れたが、これはそうだ、私と妻の……。

「……効果覿面《てきめん》で副作用もない画期的な痩せ薬が開発されたら、きっと飛ぶように売れるんだろうなあ」

「そうねぇ。でも、本当に必要なのはそれとは逆の薬よね」

「と云うと？」

「痩せ薬じゃなくて太り薬」

「うん？」

「だってほら、この世界って、肥満に悩んでいる人よりも、飢餓で苦しんでいる人のほうが遥《はる》かに多いわけじゃない。効果覿面で副作用もない、ひと粒飲むだけで超高カロリー、みたいな薬のほうが、人道的に考えるなら優先的に開発されるべきでしょう？」

ひと粒飲むだけで超高カロリー。

ああ、それか。

どこかでそのような新薬（？）を入手した彼女が、それを濃厚な溶液にして、眠り込んでいる私の口に夜な夜な……。

想像はもはや妄想の域に入りつつあったが、いったん芽生えた疑念はなかなか消えてくれそうになかった。

10

そんなわけで私は、今度は妻には内緒で、何らかの対策を講じようと思案しはじめたのである。

前述のとおり、私たちは昔から寝室を別々にしている。そこで、就寝中の私に彼女が近づけないよう、自分の寝室に内鍵《うちかぎ》を取り付け……いや、いくら何でもそれはあからさますぎるか。彼女を疑っているのがすぐにばれてしまう。

では——と、私は考えた。

鍵を掛けるのではなく、ドアとドア枠の間にたとえば細い糸を張り渡すとか、薄いテープを貼るとか、そのような仕掛けをしておくのはどうだろう。

幸いにも最近、私は夜中に起きてトイレへ行ったりすることがめっきりなくなった。

いったん眠りに就いたらたいてい、翌朝ちゃんと目が覚めるまでは昏々《こんこん》と眠りつづけている。──だから。

もしも朝になってドアに仕掛けた糸なりテープなりが切れたり剝《は》がれたりしていたならば、それはすなわち、誰かが私の就寝中、部屋に忍び込んできた証拠になるわけであるが。

いや、待て──と、そこで私は考え直す。

部屋に忍び込んだ証拠にはなっても、彼女が眠っている私のそばまで来て、何かをこっそり飲ませている証拠にはならない。それにそう、彼女のことだから、目ざとくドアの仕掛けに気づいて、何らかの方法《トリック》で糸やテープをもとの状態に戻してしまうかもしれないし……ううむ、これはだめか。

では──と、私はまた考える。

ベッドのまわりに何か粉をまく、というのはどうだろう。たとえばそう、ベビーパウダーなどを。

ベッドに入ったあと眠る前に、これを周囲の床にまいておけば──。

もしも朝になってパウダーに足跡が残っていたならば、それはすなわち、誰かが私の就寝中、部屋に忍び込んでベッドのそばまで来た証拠になるわけである。足跡の大きさや形から、その主が妻であると証明できる可能性もあるが。

いやいや、待て――と、そこで私はさらに考え直す。

彼女のことだから、目ざとくベッドのまわりの仕掛けに気づいて、何らかの方法《トリック》でパウダーから足跡を消してしまうかもしれないし……ううむ、これもだめか。

ではさて、どうしたら良いものだろう。

考えに考えた末、いささか手間はかかるが最も確かな方策を思いついた。

今年の初め、本邦でも公開されてスマッシュヒットを飛ばしたホラー映画『パラノーマル・アクティビティ』（オーレン・ペリ監督／二〇〇七年）のように。あるいは、かねがね敬愛してやまない楳図《うめず》かずお師のホラー漫画「ビデオカメラに何が写ったか？」のように――。

そうだ。ビデオに撮るのだ。

寝室内にビデオカメラを設置して、就寝中の様子をすべて撮影・録画してしまうのだ。私は眠る時、部屋の照明を全部は消さず、ナツメ球だけ点《つ》けておく習慣がある。最近のカメラの性能を考えれば、光源はこれで充分だろう。

さすがの妻も、まさか私がそこまでするとは思うまい。もしもビデオに彼女の姿が、彼女の動きが映っていたならば、それはすなわち、〝減らない謎〟の解明と真相に結びつく決定的な証拠になるわけである。

11

妻には内緒で、手頃なスペックの小型ビデオカメラを買ってきて寝室のクローゼットに設置したのが、年の瀬もいよいよ押し迫った日曜日のことである。その夜からさっそく、就寝中の様子を撮影・録画しはじめた私だったのだが――。

第一夜。

いつものように寝て起きて、起きるとすぐにカメラ付属の液晶画面で録画映像を確認した。と云っても、おおよそ七時間にも及ぶ映像である。当然、基本は倍速以上の早送りで見ていったのだけれども、そこには何ら怪しい変化のない光景が記録されているばかりだった。

私はベッドの中央に仰向きで、首許まできちんと布団を掛けて眠っている。自分が眠っている姿をこうして見るのは初めてだったが、すこぶる寝相が良い。律儀なまでに最初の姿勢を変えず、ほとんど寝返りも打たないまま朝まで眠りつづけていた。そして――。

この間、少なくとも録画映像を見る限りでは何も起こらない、のである。

私がむくりと起き出すこともなければ、他の人間が部屋に忍び込んでくることもない。猫が飛び込んでもこない。件のホラー映画やホラー漫画のように、世にも恐ろしい怪奇現象が起こるわけでももちろんない。身動きらしい身動きもせずに私が眠る様子だけが、ひたすらに映し出されるのだった。

第二夜も第三夜も、基本的には同じようなものだった。

私はベッドの中央で眠っている。誰も入ってくる者はいない。ときどき私の寝息が大きくなったり、軽い鼾《いびき》をかいたりしているのが分かったが、それ以外には何も変化がない。静止画像同然の単調な画面がえんえんと続くだけで…………

あ、いや。

待て。

ちょっと待て。

そう感じたのは第三夜の映像確認をしている途中、だった。単調な画面の中に何か、ごくささやかな動きを見つけた。――ような気がしたのである。

早送り再生していたビデオに一時停止《ポーズ》をかけ、少し前の画面に戻した。右下の隅に時刻の表示が出ている。「04：04」――午前四時四分。秒数は「11」だった。

そこから今度は早送りではなく、スローで再生してみた。すると――。

時刻表示が「04：06：15」になった時、である。

薄暗い画面の中央あたり――仰向けに寝ている私の、顔の真上に当たる空間――で一瞬、何かがちりっと光ったのだ。

何だろう、今のは。

私は液晶画面に目を凝らした。

するとややあってまた、同じような一瞬の光がちりっ、と。

ああ……これは？

いったいこれは何なのだろう。

液晶画面の小ささが歯痒《はがゆ》かった。が、データを移して大きなモニターで見直す心の余裕もなく――。

私はよりいっそう目を凝らし、画面に見入った。文字どおり喰い入るように。そうしてようやく、それに気づいたのである。

眠っている私の顔面に向かって天井から延びた、よくよく集中しなければ見て取れないような、黒く細い線に。

あああ……これは？

ひょっとしてこれは、天井から垂れた糸もしくは細い紐《ひも》の影？　と思えたのだけれど……はて。

いったいこれは何を意味するのか。

驚き、おののく私の脳裡《のうり》にこの時、とっさに浮かんだのは――。

述べるまでもないだろう。江戸川乱歩《えどがわらんぽ》の短編小説「屋根裏の散歩者」である。この小説に登場するあの有名な殺人方法を、思い出さずにはいられなかったのだ。夜中に屋根裏を忍び歩くことを秘密の趣味とする主人公が、たまたま見つけた天井板の節穴から、その真下で寝ている男の口に毒薬を滴下して殺害する、という。

乱歩のこの小説においてはしかし、毒を垂らすのに糸は使われていなかったはずである。糸を伝わせて正確に口中を狙うというのは確か、実相寺昭雄《じっそうじあきお》監督による同作の映画版におけるアレンジだったはずで……などと、ああああもう、そんな蘊蓄《うんちく》はどうでもいい。

とにかく、それなのだ。

それが真相だったのだ。

薄暗い空間でちりっと光るものの正体はきっと、糸を伝って落ちる液体なのだ。ただし、小説や映画と違ってそれは毒薬ではなく、きっとそう、少量に超高カロリーを含んだ何らかの新薬（?）で……。

惑乱する心中で私は、「どうして?」と問わずにはいられなかった。

どうして?

どうして彼女は——妻は、こんなことを?　十二月のこの寒さの中、「屋根裏の散歩者」の真似までして、どうしてこんな、こんな、こんな……。

ぐらあっ

と、いきなり世界が歪《ゆが》み、回転しはじめたのはその時である。

ぐらああっ

久しぶりに経験する例の眩暈《めまい》……と思ううちに、それはどんどん激しさを増してきて、私はたまらずその場に膝《ひざ》を落とした。ほぼ同時に、あえなく意識が闇に呑《の》まれてしまう。

12

じわり、と目覚めたのはベッドの上だった。

自分の寝室の、である。仰向けに寝ていて、首許まで布団が掛かっている。

ナツメ球だけの薄明り。カーテンの隙間から射し込んでくる外光はなくて……ということは、今はもう夜？

何が起こったのか、理解に苦しんだ。

朝起きてすぐ、前夜に録画したビデオの映像を確認している途中で、急激なあの眩暈に見舞われて私は、その場に倒れたのである。

なのにどうして今、ベッドにいる？

どうしてもう、外が暗い？

自力でベッドへ移動したのか。それとも誰かが運んでくれたのか。そうして夜までずっと気を失いつづけていた、という話なのだろうか。

おろおろと枕許の時計を見てみた。

午前四時過ぎ、である。

時間が飛んだ、あるいは時間を盗まれてしまったような感覚だった。

果たしてこの「午前四時過ぎ」は、いつの午前四時過ぎなのだろう。第三夜の録画映像を見た、あの翌日の午前四時過ぎ？

あるいはまさか……と、不意に胡乱《うろん》きわまりない考えが頭を掠《かす》める。

まさかとは思うが、もしかしたらこれは、あの録画映像を見た朝の前の、すなわちあの第三夜の午前四時過ぎ、なのかもしれない。あの激しい眩暈のせいで私は、自分の時間《とき》を数時間、巻き戻されてしまって……ああああ、まさか。

何を莫迦なことを。――と、枕に頭を載せたまま思わず強く首を振る一方で、別にどうだっていいか、というような気持ちもあった。もしかしてこれは夢では？　という考えもこのとき頭を掠めたが、ならばなおのこと、どうだっていい。

――というふうに開き直りつつ、私は薄明りの中、視線をさまよわせた。

まもなく視線は、否応《いやおう》なく天井へ引き寄せられる。ベッドの上方の、ちょうど私の顔の真上に位置する部分へ……すると。

ああ、ある。

なぜかしらこれまでまったく気づかずにいたのだが、天井板のあんなところにあんな、決して小さくはない円い節穴が……と認めた、その瞬間。

穴の向こうから今まさにこちらを覗《のぞ》き込んでいる何者かの目と、目が合ったのである。

「わっ」

と、私は思わず叫んだ。

「うわわっ」

穴の向こうの目は消え、跳ね起きた私の頭上で、がたがた……と騒々しい物音が響いた。私はふたたび叫んだ。

「誰だあっ？」

今の、あの目。

魚みたいにまん丸くて、ぼやんとしていて、そのくせ血走っているようにも見えたが……あれはそう、少なくとも妻の目ではない。――ような気がした。

妻ではない何者かが、私の知らぬうちに夜な夜な、この家の屋根裏に忍び込んでいたのか。そうしてそいつが、天井の節穴から私の口まで糸を垂らし、超高カロリーのあの液体を飲ませていたのか。そうやって私のダイエットを執拗《しつよう》に妨害して……。

……がたっ

どたっ、どたどたどたっ……

と、頭上ではひとしきり騒々しい物音が続いたが、やがて音は屋根裏から家の外へと移動していった。

私はベッドから飛び出すと、カーテンを引き開けて窓の外を見た。

冬の夜空の、満天の星。蒼白《あおじろ》い星明りに照らされながら、この冬初めて見る雪がちらほらと舞っていた。そんな中——。

一階の軒を伝ってガレージの屋根へ跳び移り、そこから紅叡山の猿さながらの動きで外塀によじのぼり、塀の上を駆け去っていく小さな灰茶色の人影が見えた。——ような気が、けけ、する。

人影はわが家の塀から隣家の屋根へ、さらに隣の家の屋根へ……人間離れした身軽さとジャンプ力で、けけけけ、ぴょんぴょんと逃げていく。唖《あ》然《ぜん》・呆然とその光景を見守る私にその時、またしても急激な眩暈が降りかかってきた。

ぐらあああああっ

歪み、回転しはじめる胡乱な世界にどうにか踏みとどまりながら——。

あの小さな人影（——たぶん子供）が向かう先はおそらく、けけけ、近年Q製薬が買収したというあの古い大きな家なのだろう、と考えていた。なぜそのように考えたのかは、けけ、よく分からない。何か理由があるような気がするのだけれど、いくら思い出そうとしてもなかなかうまく思い出せず……けけけけけけ、け、まあいっか。

死後の夢

1

真冬の寒さがまだ続く、ある日の午後。

私は妻を同乗させ、車を走らせていた。

行く先は古代遺跡で有名な如呂塚《にょろづか》、だった。

なぜこの日、二人で如呂塚へ行くことになったのかは分からない。私が云いだしたのか妻が云いだしたのかも分からない。

とにかく私たちは、如呂塚へ向かっていたのである。何となく億劫《おっくう》で最近あまり握っていない車のハンドルを私が握り、妻は助手席で、カーナビが起動しているにもかかわらず古いロードマップを広げていた。——ような気がする。

紅叡山《こうえいざん》を北側からまわりこんで、小雪が舞う徒原《あだはら》の里に入って……この辺からしばらく、道はQ電鉄如呂塚線と併走する形になる。その間、行き来する列車と出遇《であ》うこともなく、やがて道は線路から離れ、さらにしばらくして前方にトンネルの入口が見えてきた。

こんなところにトンネルがあったっけ。

ふと疑問を感じた私だったけれど、このとき妻がロードマップから目を上げて、

「ヨミサカトンネルねぇ」と云った。

彼女が見ている地図には、それが記されているわけか。私はカーナビを横目で確かめたが、こちらにはそのような表示はない。——なぜに？

どこか釈然としないまま、私は車をトンネルに進入させたのである。

トンネル内には照明が一つもなくて、するとこれは相当に古い建造物なのだろうか。まさか現在はもう使われていないトンネルに、何かの間違いで入ってしまったのか。いや、それにしても……などと思いあぐねるうち、出口が見えてきた。私は若干、アクセルを踏み込んだ。

まもなく車はトンネルから出た。

出たのだがしかし、その刹那《せつな》、だった。

いきなり目の前が真っ暗になったのだ。視力を失ったというわけではなくて、これは目の前の、フロントグラスに生じた変化のせいだった。

ガラスが突然、真っ黒になったのだ。何か黒いものが大量に降りかかってきて、と云うよりも飛びかかってきて、瞬時にしてガラスの外側を埋め尽くしてしまったので

ある。

それ——いや、それらはびっしりとフロントグラスに張り付き、ひしめきあっていた。一度も見たことがないような怪しい、たぶん生き物だった。

翼らしきものがあるが鳥には見えない。昆虫のようでもあるが、何だか全体にぬめぬめしている。そんな、得体の知れない生き物（——たぶん）が無数に……。

妻が悲鳴を上げた。

私は慌ててブレーキを踏んだ。度を失い、同時に思わずハンドルを切ってしまったのだが、これは最悪の対処だった。

トンネルを出てすぐのあたりで、道は大きくカーヴしていた。私がハンドルを切ったのはカーヴとは逆方向だった。ゆえに車は、制動もままならぬ状態でガードレールに突っ込み、突き破り、その向こうの谷底へ転落してしまい……。

……………

……………

……………

……大破した車の中で、私はかろうじてわずかに身を動かした。痛みとはまた異質の、何とも云いようのない不快感があった。

横を見ると妻が、割れたフロントグラスに頭を突っ込んだ恰好《かっこう》で身を痙攣《けいれん》させていた。あちこちが血だらけで、腕も脚も胴体も……すべてが異様な形に捩《ね》じれ曲がっている。呼びかけても応《こた》えはまったくなくて、ひときわ激しい痙攣ののち、完全に動きが止まった。

死んだのだ、と分かった。

私は泣き叫んだ。満足な身動きがどうしても取れぬまま、妻の死を嘆きつづけた。

ところが――。

ほどなくして、そんな私の嘆きも途切れてしまう。声が出なくなってきたのだ。そればかりではない。急に目が霞《かす》み、ものが見えづらくなってくる。音も聞こえなくなってくる。あらゆる感覚が、全身を覆った不快感に呑《の》み込まれていき、ついには意識までもが……。

最後に見えたのは、ルームミラーに映った自分自身の顔だった。

頭頂部から額にかけてが大きく深く割れ、中から脳の一部が飛び出していた。そしてそこに、得体の知れないさっきの生き物が何匹も群がっていて……。

大破した車が爆発・炎上したのは、この直後のことである。

逃れるすべのない激しい炎の中で、こうして私もまた死んでしまったのだった。

という夢を見た。——ような気がするのだが。

＊＊＊

自分が死ぬ夢、は何度も見たことがある。とは云え、こんなふうに冒頭で早々に死んでしまって……というパターンは経験がなかった。つまり——。

この物語《ゆめ》はこうして私が死んだあとも、まだまだ続いたのである。

2

炎上を続ける車から数メートル離れたところに独り立ち、私はその様子を眺めていた。——「こうして私もまた死んでしまったのだった」と認識した直後の、これは場面である。

さっきまでの不快感は消え、身体も普通に動かせるようになっていた。恐る恐る頭に触れてみたが、さっき見たようなひどい傷はない。もとに戻っている。

ということはすなわち、今ここにいる私は〝死後の私〟――なのだ。

そう悟った。

生身の私は、あの燃えている車の中で絶命したのだ。ここにいる私は、だから霊魂とか死霊とか亡者とか、まあそのようなものなのだろう。ならば――。

〝現実の続き〟のようには見えても、ここはすでに〝死後の世界〟なのか。

――うむ。そういう話になる。

あっさりと納得して、私はその場を離れたのである。

そうして私が迷い込んだのは、深い森の中だった。樹齢何百年、いや、何千年というような巨木が無数に立ち並び、振り仰いでも空の色さえ見えないような、深い深い森……。

行く当てもないまま、えんえんとこの〝死後の森〟をさまよいつづけたあげく、ようやっと視界が開けた。するとそこには、意想外の風景が待ち受けていた。

わずかに赤みがかった緑色の――。

細波《さざなみ》一つない、澱《よど》みきった水面《みなも》が広がっている。

ささやかな沼、もしくは池だった。そして、そのほとりに――。

見憶《みおぼ》えのある建物が建っていたのである。

鉄筋四階建ての、ずいぶんと古びて汚れた灰色の外壁の……ああ、これは私が生前、何かと世話になったあの深泥丘《みどろがおか》病院ではないか。

3

吸い寄せられるようにして私は、この建物に足を踏み入れたのである。

一階の待合室には先客が幾人かいた。彼らは皆、ひどく顔色が悪くて(それこそ死人のように)、ぐったりと長椅子に坐《すわ》って沈黙していた。

中に一人、知り合いを見つけた。

あれは確か三年前。町で桜が狂い咲いたあの春、不慮の事故で命を落とした彼ではないか。小学校の同窓生で、市の文化財保護課に勤めていた朱雀《すざく》君である。——やはり間違いない。ここは死後の世界の、〝死後の病院〟なのだ。

「やあ、朱雀君」

私は思いきって、彼に話しかけてみた。

「久しぶりだねえ。こんなところで再会しようとは……」

すると朱雀君は、最初は私のほうを見て「ああ」と応じたものの、すぐに目をそらしてしまい、あとはわけの分からない言葉をぼそぼそと呟《つぶや》いた。

文字どおりわけの分からない、少なくとも日本語ではない言葉、だった。英語やフランス語、ドイツ語でもない。ロシア語でも中国語でも韓国《かんこく》語でもない。——ような気がした。

何なんだろうと大いに訝《いぶか》しみつつ、私は朱雀君のもとを離れ、受付のカウンターへ行ってみた。見憶えのない女性職員がそこにはいたが、きっと彼女もすでに死んだ人間の一人なのだろう。ひどく顔色が悪い。

「あのぅ、すみません」

私はそろりと声をかけた。

「ええとその、ここはいったい……」

相手から返ってきたのはしかし、またしてもわけの分からない、意味不明の言葉だったのである。朱雀君が呟いていたのともまた違う（——ように思える）、まったく耳に憶えのない言語。

途方に暮れる私にその時、意味の分かる言葉で話しかけてきた者がいた。

「何かお困りですか」

振り返るとそこには、白衣を着た大柄な男性が立っていた。左目をウグイス色の眼帯で隠した、それは深泥丘病院に勤める脳神経科の石倉《いしくら》（一）医師で——。

「どうして先生が、ここに」

私は思わず首を傾げて問うたのである。

「ここは〝死後の病院〟なのでしょう？　まさか、先生も」

「私は死んではおりませんよ」

と、医師は答えた。見るとなるほど、彼は他の者たちと違って、すこぶる顔色が良い。

「ですがときどき、こちらに呼び込まれることがありまして。なぜなのかは私にもよく分からないのですが」

「――はあ」

「あなたは先ほど死んで、ここに来られたのですね」

「はあ。そのようです」

「では一つ、ご忠告せねばなりません」

眼帯の縁に指を当て、医師はいくぶん声を低くして云った。

「よろしいですか。くれぐれも屋上には近づかないように。――よろしいですね」

4

行くなと云われれば行きたくなる、というのがしかし、人情というものだろう。死んではいても、作家という生前の職業柄、抑えきれない好奇心もあり——。

医師の忠告に逆らって私はこのあと、建物の上階へ向かうエレベーターに乗り込もうとしたのである。ところが、本来の深泥丘病院とこちらとでは建物の構造がいささか異なるようで、あるはずのエレベーターがなかなか見つからない。仕方なく私は、階段を昇っていくことにした。

二階の階段ホールで、幾人かの男女と出会った。入院患者なのかどうかはさておき、みんなひどく顔色の悪い、死後の世界の住人たちである。

彼らが口々に何事か言葉を発しているのが、嫌でも耳に入ってきた。それは一階で聞いたような「意味不明の言語」ではなかったのだが——。

「……拙者には判じかねまするが」

「しからばここは、それがしが……」

「……わらわにお任せたもれ」

「へえ、そうどすか。申しわけない話どすなあ」

何だこれは——と、思った。

拙者？　それがし？　わらわ？　たもれ？　……いったいいつの時代の言葉を、彼らは喋《しゃべ》っているのか。

見たところみんな、そんなに年老いてはいない。私よりもむしろ若いくらいで、着ている服もごく普通の現代着だが。ひょっとしたら元時代劇の役者とか、そのような人たちなのだろうか。——にしても。

いきなりのことでもあり、強い違和感を覚えざるをえなかった。

「どす」にしても同じである。有名な京言葉ではあるが、今どきこんな、どすどす云う市民に遭遇することなどめったにないのだ。

それこそ「あっしには関わりのねえことで……」とでも云いたい気分で、私はそそくさとその場を通り過ぎた。そうして三階へ向から階段を昇っていくと、途中にまた大柄な医師がいた。右目をウグイス色の眼帯で隠した、今度は消化器科の石倉（二）医師である。

「ご忠告せねばなりません」

一階で会った石倉（一）医師と同様、眼帯の縁に指を当てて彼は云った。

「くれぐれも屋上には近づかないように。——よろしいですね」

5

三階では誰とも出会わなかったが、さらに階段を昇って四階に着いた時、私はその場の状況に驚き、立ち尽くすことになる。

幾人かの男女が、またいた。

今度はみんな、私と同年配あるいは年上の中高年で、中に一人、むかし死んだ父方の祖父らしき顔も見えた。ところがこの祖父らしき老人も含めて彼らは皆、一見して異様な、と云うよりも惨憺《さんたん》たる有様だったのである。

まるで戦場、いや、野戦病院のような――というのが、とっさに抱いた印象だった。

彼らの着衣は破れていたり焼け焦げていたりでぼろぼろに傷み、どろどろに汚れている。汚れは流血によるものも目立つ。そして服と同様、彼らの肉体もそれぞれに激しく傷つき、みずからの血で汚れているのである。

一人は右腕が、肩の付け根から切り落とされていた。

一人は左脚の膝《ひざ》から下がなかった。

一人は両目が潰《つぶ》れていた。

一人は両耳が削《そ》げ落ちていた。

両腕のない者もいた。両脚を失って床に転がり伏した者もいれば、頭部が三分の一ほど吹き飛んでしまった者もいる。

そんな彼らが、階段ホールや廊下をうろうろしているのだ。まるで戦場の……いや違う、それこそまるで生ける屍《リヴィングデッド》——ゾンビのように。

「ゾンビ」というひと言に行き当たったとたん、私は反射的に身構えた。——のだが、幸い彼らが襲いかかってくる気配はない。私のほうには見向きもせず、ただうろうろしているのである。口々に気味の悪い呻《うめ》き声を洩《も》らしながら。

呻き声の中にふと、意味のある言葉が聞き取れた。彼らのうちの誰かが別の誰かに対して発した、それは何やらひどく攻撃的な文句だった。——ような気がする。

何だ？　急にまた……と思うまに。

発せられる言葉が、どんどんと増えはじめたのである。

ありていに云って、彼らが始めたのは罵《ののし》り合い、であった。

右腕のない一人が両目の潰れた一人に向かって、「このド○○○めっ」と吐きつける。受けて、両目の潰れた一人が「何を云うか。□□□どもがっ」と毒づく。あとはもう、誰と誰がやりあっているのか把握できないような、激しくもでたらめな罵声《ばせい》の応酬だった。
○○○に□□□、×××に△△△、さらには※※※※……。
出版業界や放送業界その他における、半ば強迫神経症的な自主規制によって近年ほとんど使われなくなった「不適切な言葉」の数々が、遠慮会釈なく飛び交うのである。

生前、長らく文筆を生業《なりわい》としてきた私にしてみればこれは、目に映るものの異様さ以上に異様な状況だった。昔はごく普通に使っていた言葉ばかりなのに、長年の作家生活で「これは不適切」「それも不適切」と云われつづけてきて、すっかりもう思考回路に刷り込まれてしまっているせいか……。

どうにも居心地が悪くて、あまつさえ空恐ろしくもなってきて、私はふたたびそそくさとその場を通り過ぎ、四階から屋上へと向かう階段に進んだのだった。

この階段の途中でまたしても、大柄な医師と出会った。左右どちらの目にも眼帯をしておらず、代わりにウグイス色のフレームの眼鏡をかけている。

「ご忠告せねばなりません」

彼――歯科の石倉(三)医師は私の顔をまじまじと見て、他の石倉医師たちとまったく同じようにこう告げた。

「くれぐれも屋上には近づかないように。――よろしいですね」

6

度重なる石倉医師たちの忠告を無視して結局、私は建物の屋上に昇り着いたのである。

外は黄昏《たそがれ》どきの薄暗さだった。見憶えのある屋上の様子ではあったが、そこにはこの時、ずいぶん大勢の人々が集まっていた。

何年か前の「六山《ろくざん》の送り火」の夜を思い出させるような……だったが、今ここにいる彼らは——彼らもまた、たぶん全員がすでに死んでいるのだろう。死後の世界の死後の病院、その屋上になぜか集まってきている亡者たち、なのである。

階段室から出て、何歩か進んだところで誰かに肩がぶつかった。ぶつかった相手(私と同年代の男性である)はあえなく転んで尻餅《しりもち》をついてしまい、「あ、すみません」とすぐさま謝ったにもかかわらず、

「気をつけろ!」

と、私に怒声を浴びせた。

「このすっとこどっこい!」

「あ……あの、どうもすみません」

慌てて謝罪を繰り返した私だったが、何だか軽いショックを受けた。怒声を浴びたそのこと自体ではなくて、そこで使われた言葉に対して、である。

すっとこどっこい!　——とは。

今どき使うか?　すっとこどっこい、なんていう罵倒語を。

気を取り直して私は、屋上を進む。

めざすのは例のペントハウスだった。この場所にあってなぜかしら純和風の造りの、何やら神社の社殿めいた、あの……。

「くれぐれも屋上には近づかないように」と再三、石倉医師たちに忠告された。この「屋上」には、暗に「屋上のあのペントハウス」という意味が含まれているのではないか、と思えたからである。

記憶にあるとおりの位置に、ペントハウスの影が見えた。のだが、そこに辿《たど》り着くまでには、集まった大勢の人々を掻《か》き分けて進まねばならず……。

「ほらほら、あそこの二人」

と、話しかけてくる中年女性がいた。

「あそこでほら、抱き合ってフェンス越しに地上《した》を見てるでしょ。あのアベック、心中したんですって。マンションのヴェランダから、手をつないで飛び降りて」

「――はあ」

生返事をする私だったが、ううむ、どうも妙な違和感が……。

「ここでまた飛び降りたって、意味レスなのにねえ」

「はあ。確かにまあ、意味レス……ですね」

うう。な、何なのだろう、これは。

さらに進むと今度は、若い男女の雑談らしき声が聞こえてきた。

「あのさ、その恰好って超ダサくない？」

「そっかな。けっこうナウいと思ってんだけど」

「やだもう、最低。チョベリバ！」

「ガチョーン」

「ひでぶ……」

ななな、何なのだろう。

私は強く目をつぶり、拳《こぶし》を作ってみずからの頭を小突いた。

ここに集まっている彼らが私と同様、すでに死んだ人間たちであるのは間違いなかろうが、それにしても――。

何なのだろう、彼らが使うこの言葉は。

アベック？　意味レス？　ナウい？　チョベリバ？　ガチョーン？　ひでぶ？

久しく耳にしたことがないような、現代ではもう誰も使う者がいないような、この……。

「……あっ」

思わず声を上げたのは、ペントハウスの入口の前まで辿り着いた時だった。

そこまでの道のりで私の耳には、「何年か前に流行語大賞を獲《と》りました」的な、今では早くも口にするのをためらわれるような言葉が次々に流れ込んできていたのだが

——。

「そうか。これは……」

私の呟きに応えて、

「そうです」

と間近で声がした。聞き憶えのある女性の声、である。

「ああ、あなたは」

深泥丘病院の咲谷《さきたに》看護師、だった。

真っ赤なロングコートを白衣の上に着て、ペントハウスの入口の扉にもたれかかっている。手には何かの文庫本が一冊。今までそれを読んでいた、というふうに開かれていて——。

「来てしまったのですね」

彼女は冷ややかな眼差《まなざ》しで私を見た。

「そして、もうお気づきですね？」

「——はあ」

私はおずおずと頷《うなず》き、答えた。

「つまりここは、死後の病院と云うよりもその、死語の病院なのか、と」

7

一階で出会った朱雀君や受付の女性職員が話していたあの、わけの分からない言葉、意味不明の言語。——あれがそもそも「死語（dead language）」だったのだ。古代ギリシャ語だのケルト語だのヒッタイト語だの……何なのかは知らないがとにかく、とうの昔に使用されなくなり、滅びた言葉。そういう意味での、死語。

二階で出会った幾人かの言葉もまた、現代ではもはや、よほど特殊な状況以外では使われなくなっている、という意味での「死語＝廃語（obsolete word）」だった。

四階で飛び交っていた○○○だの□□□だのもそうだ。「不適切な」という理由でもって十把ひとからげに現代語から狩られ、殺されてしまった言葉たち。これもやはり「死語」と云えるだろう。

そしてこの屋上は、さらに通俗的なレベルのおびただしい「死語」で溢《あふ》れ返っていて……。

「何なのですか、これは」

私は大真面目に問うた。

「〝死語の世界〟だなんて、こんなベタな……」

「あら。まだお気づきじゃなかったのですか」

彼女は意外そうな顔をした。

「あなたのことですから、もうとっくに察しておられるかと」

「この世界の意味を、ですか」

「そうです」

「いや、それは……」

首を傾げて答えに詰まる私を、またしても冷ややかな眼差しで見ながら、

「枝を隠すのは森の中、と云うでしょう」

と、看護師は云った。私はさらに首を傾げ、「それが？」と問うた。

「ですからね」

看護師は答えた。

「死語を隠すのは死語の中、ということです」

「死語を？」

私は首を傾げたままだった。

「それはいったい……」

どういう話なのだろうか。

「お分かりになりませんか」

云って、看護師は開いていた文庫本を閉じた。

「でしたら、この際ですから教えてさしあげましょう」

「はあ」

「いま云った〈死語〉とは、云い替えれば〈死の言葉〉、なのです」

「死の、言葉?」

「そうです。“dead language”でも“obsolete word”でもない。たとえば“the word of death”とでも呼ぶべき……」

「――はあ」

私は半信半疑で頷いた。

「それは、どんな?」

「禁じられた言葉。恐ろしい禁断の言葉、なのです」

と、看護師は告げた。

「決して知ってはいけない、たとえ知ったとしても決して口にしてはいけない。口にしたら最後、〝死の扉〟が開放されて、世界が〝死〟に覆い尽くされてしまう、という」

文字どおりの〈死の言葉〉――か。だがしかし、いったいそんな、究極の呪文《じゅもん》のようなものが……。

困惑する私をよそに、看護師は真顔でこう続けたのである。

「その言葉――禁断の〈死語〉が、ここに隠されているのです。ですから……」

その秘密を守るためにこそ、ここではみんなが躍起になって、あんなふうに死語を飛び交わせている。病院を無数の死語で埋め尽くし、禁断の〈死語〉を隠す〝死語の森〟を造ろうとしている。――そういうことか。そういうことなのか。

「この中、なのですね」

不意に強い衝動を覚え、私は看護師に詰め寄った。

「このペントハウスの中に、それが？」

すると――。

看護師は肯定も否定もせず、しかし「どうぞお好きに」とでも云うように、もたれかかっていた扉から離れたのである。多少の躊躇《ちゅうちょ》を覚えつつも、私は扉に向かって進み出た。

この時、看護師の持っていた文庫本の表紙がちらりと目に入った。今から二十年以上も前に刊行され、「新本格推理小説《ミステリ》」などと呼ばれてそこそこ話題になった、それは私の著作であった。――ような気がする。

新本格……って、ああこれも死語、だな。

そう思っていったん動きを止めたものの、結局は衝動に抗《あらが》うことができず――。

私は扉を開けた。

そして、それを知ったのである。

＊＊＊

という夢を見た。——ような気がするわけである。

目覚めた時、ベッドサイドのテーブルに憶えのないメモがあった。ノートの切れ端みたいな小さな紙になぜか赤鉛筆で、書いた憶えのない文字（と思われるもの）が記されている。

平仮名でも片仮名でも漢字でもない、ローマ字でもアラビア文字でもない、それは見たこともない形をした文字（と思われるもの）の、十数個の並びだった。

大いに戸惑いながら私は、寝ぼけまなこでメモを見つめた。するとどういうわけか、自分にはその、読めるはずのない文字（と思われるもの）が読める（＝発音できる）ような気がしてきたのである。——が、しかし。

「んん……やめた」

呟いて私は、メモをくしゃくしゃに丸め、灰皿に放り込んで火を点《つ》けた。

三月上旬、第二土曜日の朝の話である。

真冬と変わらぬ寒さがまだ続いてはいたものの、この日は全国的に晴れ模様の、平穏な一日となった。

カンヅメ奇談

1

ずっと昔……まだ小学生の、十歳になるかならないかの頃だったと思う。

誰かに連れられて、市内のとあるホテルに泊まったことがある。雨に濡《ぬ》れた水彩画めいて全体がひどく滲《にじ》み、部分部分の色が溶け落ちていたりして、ややもすると存在自体が疑わしくなるような遠い記憶ではあるのだが――。

「こういう古いホテルには、秘密がたくさんあるものなんだよ」

誰かが私に向かって云った言葉のいくつかがなぜか、今でもときおり耳に蘇《よみがえ》ってくる。

「どんな秘密か、分かるかな」

この「誰か」とは、私の大叔父《おおおじ》だった。父方の祖父の弟に当たる人物、である。

彼は一族でも変わり者で通っていて、生涯結婚もせず子ももうけず、世間並みの親戚《しんせき》付き合いも持たなかった。のちに知ったところでは、かつては何かの研究所に勤めていたのを急に辞めてしまい、あとは国内外を放浪するような生活を送っていたのだとか。

そんな大叔父だったが、どういうわけか私のことはずいぶん可愛がってくれたらしい。そう聞かされても私には、少し嗄《しわが》れた声の色と、白毛まじりの髭《ひげ》を生やした顔のぼんやりした輪郭程度しか思い出せないのだけれど。そして――。

たぶん、冬休みか春休みのある日のことだったと思う。大叔父が私を、あのホテルへ連れていったのは。いったいどんな経緯があってそうなったのか、前後の事情はまるで記憶にない。

古都と呼ばれるこの町でも、最も古くて由緒ある高級ホテルだった。迎賓館として使われていた歴史もある。華兆山《かちょうざん》の山麓《さんろく》に接して広大な敷地を持つが、それでいて市街にも程近い。永安《えいあん》神宮や池崎《いけざき》公園にも近い。遠くから望むと、小高くなった山裾《やますそ》から町を見下ろしている古城めいた風情で、Q＊＊ホテルという正式名称とは別に〈坂《さか》の上《うえ》ホテル〉の異名があったりも……と、これらはのちになって得た知識である。

その日のその夜、そのホテルの一室で私は大叔父とともにどんな時間を過ごしたのか。だいたい彼は、どうして私をそんなところへ連れていったのか。――いくら記憶を探ってみても、思い出せない。泊まったのは二間続きの豪華な客室で、あんなにふかふかのベッドで寝たのは生まれて初めてだったこと、くらいしか。

あとはあの夜、大叔父が云った言葉のいくつか。

「このホテルの〈本館〉は昭和の初期、とある米国人の建築家に依頼して設計させたもので……」

確かそう、そんなふうにも聞かされた憶《おぼ》えがある。私に向けられたあの時の彼の目は、そう云えば何だかとろんと濁っていて……。

「さて、どうかな。ここにはどんな秘密があるのだと思う？」

2

気配を、ふと感じた。——ような気がして、はっと微睡《まどろ》みから覚めたのである。

誰か……いや、何かの、ひんやりとした妖《あや》しい気配が。

そう意識したとたん、ぞぞっ、とした。両の二の腕が少し粟立《あわだ》っていた。

「何か」とはしかし、いったい何だというのか。

この場所に今、自分以外の何かがいるはずはない。いるはずがないものの「気配」を感じることなどありえないわけで、なのにそれを「感じた」というのはもちろん、気のせいに決まっている。——そう。もちろん気のせいだ。

なるべく淡々と己に云い聞かせながら、椅子の背もたれから上体を剥《は》がした。眼前のデスクに置かれたノートパソコンはスリープ状態になっている。坐《すわ》ったまま、いつのまにかうとうとしていたようだった。

東京で滞在中のホテルの一室、である。

今日でもう一週間になるが、チェックイン以来、一度も外を出歩いていない。館内のコーヒーハウスへ行く以外、ほとんど部屋からも出ていない。基本的にはここに閉じこもりの日々、なのである。接触のある人間はホテルの従業員と、毎日この部屋まで原稿を取りにくる担当編集者の秋守《あきもり》氏だけ。——普通に考えて、あまり健康的な状況とは云いがたい。

だから、だろうか。こんな妙な感覚に囚《とら》われてしまうのは。

「ぞぞっ、とした」とはすなわち、〝恐怖〟を感じたがゆえの身体的反応だろう。——怖いのか？　怖がっているのか、私は。——何を？　まさか〝幽霊〟のたぐいを……いや、まさか。

ホテルに一人で泊まるのは怖い——と、大真面目に訴える知人が何人かいる。彼らはこぞって、夜中に何か（ありていに云って幽霊）が出る（あるいは出る予感がする）から、と云うのだけれども、私は元来、そのようなものの存在をまったく信じていない。だから、ホテルに泊まってその種の恐怖を感じた経験など、ついぞなかったのである。

ところが、今……。

明りの点《つ》いた室内を、そろりと見まわしてみる。

都内のシティホテルにしてはかなり広々とした部屋に、キングサイズのベッドが一台。大理石の小円卓を挟んで、一人がけのソファが二つ。テレビが置かれたアンティーク調の木製ボードが一つ。庭園に面した窓のカーテンは開けてある。……何も変ったところはない。

浴室とトイレを覗《のぞ》いてみた。造り付けのワードローブの中も、ついでに。——しかしどこにも、何者の姿もなかった。当然である。やはり単なる気のせい、か。

「やれやれ」

わざと声にして呟《つぶや》いた。

「疲れてるんだな」

時計を確かめると午前三時前だった。今夜はまだ、ここで休んでしまうわけにはいかない。気分転換にシャワーでも浴びようか。

ああ……それにしても。

のろのろと浴室に向かいながら、今度は声には出さず呟いた。

さっきのでいったい、何度めだろう。

3

前々から某社と執筆を約束していた「特別書き下ろし長編」の原稿の進捗《しんちょく》が非常に思わしくないものだから、業を煮やした担当の秋守氏が、「久々にカンヅメ、やりますか」と云いだしたのである。私は私で相当に危機感を覚えていたので、腹を括《くく》って「やってみましょうか」と応じた。

――といった次第で、先週末には地元を離れて上京し、このホテルに入った私なのだった。九月も半ばを過ぎた時期のことである。

「カンヅメ」とはつまり、作家をホテルや旅館の一室に閉じ込め、〝原稿を書くしかない環境〟に置いて書かせる、という昔からのシステムである。この間の諸費用は原則として出版社が負担し、そうやって作家にプレッシャーをかけつつ、毎日のように編集者が原稿を取り立てにくる。

作家によっては、それでも原稿を書かずにカンヅメ場所から脱走する強者《つわもの》もいるらしいが、私などは根が小心者なので、そんな真似はしない――と云うか、できない。結果、相応に執筆は捗《はかど》るわけだけれど、代償として、身体的および精神的に相応の消耗を強いられることになる。

かれこれ二十年以上もこの仕事をしているので、このようなカンヅメの経験は幾度かあった。が、ここ十年ばかりはそういう機会もなくて、今回は本当に久々だったのである。

そのせいも、やはりあるのだろう。

かつてないほどの重圧をいきなり感じてしまって、いくら閉じこもって集中しようとしても、なかなか考えが進まない、まとまらない。書きたい場面、書かねばならない場面にふさわしい言葉がうまく浮かばない。無理に書いても納得のいく文章にならない。全体の論理的整合性に大きな疑問が出てきたり、細部の粗がことさら気になったりもする。長編本格推理《ミステリ》小説の、物語も四分の三を過ぎて、そろそろクライマックスを迎えようかというあたりだというのに……。

初日から三日めまでは特にひどかった。それでもどうにか日に数枚ずつは書き進めて、秋守氏にその原稿を渡して……四日めにしてようやく、一日の執筆枚数が十枚を超えるようになってきたのだが。

その頃から、だったと思う。

夜中にふと、何の脈絡もなくこんな、あらぬものの気配を感じるようになったのは。

4

　この世に幽霊などいるはずがない——というのが、長らく本格ミステリの創作を生業《なりわい》としてきた私の信ずるところなのである。不思議な出来事に遭遇して、ときとして気持ちが揺らぐ局面もないではないが、基本的な考えは変わらない。

「この世に不思議なことはあるものです」

　と、これはいつだったか、地元で世話になっている深泥丘《みどろがおか》病院の主治医、石倉《いしくら》（一）医師の口から聞いた言葉。

「この世に不思議なことはあるものです。しかしね、その中に幽霊は含まれない」

　きっぱりとそう云って、医師は左目を隠したウグイス色の眼帯を撫《な》でていた。

「いたら大変ですよ、幽霊なんてもの……」

　ただ、別の機会に医師は、こんなふうにも語っていた気がする。

「この世に不思議なことはあるものですが、その中に幽霊は含まれない。——ええ。そのとおりですね」

　そうしてやはりきっぱりと、こう云った。

「ただしそれは、ヒトの幽霊についての話ですので」

ヒト以外のものの幽霊は存在する——というのが、その際の医師の主張だった。どうしてそんな話になったのか。何かそれなりの出来事があったように思えるのだが、このあたりの私の記憶は例によって曖昧模糊《あいまいもこ》としていて……。

……と、そんなあれこれを思い出したりもしながら、私は浴室のシャワーブースに入ったのである。

熱めの湯を頭から浴び、まとわりついてくるあらぬものの気配を振り払うよう努めた。

そう云えば昨日は、こうして深夜にシャワーを使っている最中にふと、妙な気配を感じてしまったのだった。急に異様な冷気が足許《あしもと》から這《は》い上がってきたような気がして、同時に何かかすかな異音が、ちちち、どこかから聞こえてきたような気も……ちちちち、ち。

驚いてシャワーを止め、耳を澄ましてみたのだが、異音はもう聞こえなかった。冷気も感じられなくなっていた。

理性的に判断するならば、やはりあれも単なる気のせいだったことになるが……ち、ちちち。

シャワーブースから出てバスローブに腕を通し、何となく鳩尾《みぞおち》のあたりをさすりながら私は、洗面台の大きな鏡に目をやる。

鏡に映った顔が一瞬、何だか自分のものではないように思えた。久々のカンヅメ生活によるストレスのせいだろう、いやに顔色が蒼白《あおじろ》く、頬が痩《こ》けて見える。

考えてみればチェックイン以来、食事は日に一食しか摂《と》っていない。しかもルームサービスのサンドウィッチばかり。ホテル内のレストランへ足を運ぶほどの食欲は湧かず、コーヒーハウスへ行ってもコーヒーばかり何杯も飲むだけだった。

こういう時、酒好きならば酔って気を紛らわせるなり、高揚させるなりするのだろうが、あいにく私はたいそうアルコールに弱い。下手に飲むとすぐ気分が悪くなったり、眠ってしまったりするから……。

「やれやれ」

と、今度は無意識のうちに呟いていた。

明日――いや、今日の昼過ぎにはまた、秋守氏が原稿を取りにやって来る。それまでにせめて、あと五、六枚は書き進めておかねば……ああもう、やはりこの年齢になってカンヅメなど無謀であったか。身体にも精神《こころ》にも良いわけがない。だから一昨日以来、幾度もこんな、あらぬものの気配を……。

深々と溜息《ためいき》をつきながら浴室から出た。

そのとたん、だった。

部屋の照明がいきなり、すべて消えてしまったのだ。

5

「こういう古いホテルには、秘密がたくさんあるものなんだよ」

遠い記憶の、大叔父のあの言葉がなぜか耳に……。

「どんな秘密か、分かるかな」

そう云えばそう、あの夜を最後に彼とは会っていない。一度もその後、会うことがなかった。——ような気がする。

6

突然の暗転に驚き、思わず「ひっ」と声を洩《も》らしてしまった。

停電、なのか。

手探りで電灯のスイッチを見つけて、幾度も押してみる。が、明りは点かない。耳を澄ますと、さっきまでは聞こえていた空調や換気扇の作動音も消えている。

やはり停電、か。

開いたカーテンの向こうの、広いガラス張りの窓から、仄《ほの》かな光が射し込んでいる。徐々に暗闇に慣れてきた目で、その光を頼りに窓辺まで移動した。

地上六階の窓、である。

ロックを外せば申しわけ程度の隙間ができて、生ぬるい外気が流れ込んでくる。眼下には庭園の森が広がっているのだけれど、そこに光は一つも見えない。庭園灯のたぐいもすべて消えてしまっているのだ。射し込んできているのは空からの、わずかな星明りなのだった。

上京時にはときどき利用する宿だった。

某区の高台にあるF＊＊ホテルという老舗《しにせ》ホテルで、落ち着いた風情と閑静な立地環境は都内でも随一だろう。敷地の多くを占めた広大な庭園にはゲンジボタルが棲息《せいそく》していて、初夏の一時期には毎年、儚《はかな》くも美しい光の舞が楽しめる。――のだが、季節はもう秋の初め。今年の成虫たちはとうに死に絶え、外灯の消えた庭園の森にはひたすら深い闇だけがうずくまっている。

窓辺に立ったまましばらく時間を過ごしたが、いっこうに照明は蘇らない。だんだん不安になってきて、デスクの隅に置かれた電話機に手を伸ばした。フロントにかけようとしてみたのだが、これも停電の影響なのだろうか、電話はまったくつながらない。

ナイトテーブルの下部に備え付けの懐中電灯があったはず、と思い当たった。そこで私は、それを探り出して点けたのである。

すると、その時。

ず、ずずず、ず……と、部屋のどこかで物音がした。

ぞぞっ、とした。〝恐怖〟を感じたがゆえの身体的反応である。――何だろう。何なのだろう、今のは。

弱々しい懐中電灯の光線を巡らせてみて、まもなく私はそれを見つけた。

部屋の奥の、向かって左側の壁。そこにあるドアが開いているのだ。チェックインした時からずっと、施錠されて閉め切られていたはずのドアなのに。

7

本来は二間続きのスイートを、間のドアを閉め切って普通の客室として提供するケースが、こういうホテルでは珍しくない。この部屋はそれなのか――と、最初の日に奥の〝開かずのドア〟を見つけて了解していたので、とりたてて気にもしていなかったのだが。

ああ、そう云えば――と、ここで私は今さらのように思い出す。

今回滞在しているこの部屋は、初めて案内されたこのホテルの〈旧館〉の一室、なのだった。内装や調度は〈新館〉の客室と大差がないので、部屋に閉じこもっているとついつい忘れてしまいそうになるのだが。

いつも泊まる〈新館〉のほうが、複数の団体客の予約で大変に混み合っているらしい。カンヅメのための長期滞在で、場合によっては数日の延泊が必要になるかもしれないというこちらの事情を斟酌《しんしゃく》して、ならば――とホテル側が用意してくれたのが、通常はあまり稼動させていない〈旧館〉の、この客室だったのである。団体客がいると何かと騒がしいので、という気遣いもあっての提案だったのだろう。

「作家さんのカンヅメというのも、最近では珍しくなりましたねえ」

チェックインの際、わざわざ挨拶《あいさつ》にきてくれた初老の支配人が、そんなふうに語っていた。

「その昔はもっとしばしば、ご利用があったと聞いております。〈新館〉ができます前は、特に……」

F**ホテルの〈旧館〉は、玄関とメインロビーがある〈新館〉とはトンネルめいた長い渡り廊下でつながっていた。これまで立ち入ったことのない、建物一階の奥の奥にその入口があった。

「何せ古い建物ですので、もう取り壊しを、という声もあったのでございます。ですが、昭和初期に建てられた貴重な文化財であるとの観点から……」

得々と語る支配人の風貌《ふうぼう》は、年恰好《としかっこう》も違うし眼帯もしていないが、どことなく深泥丘病院の石倉医師に似ていた。――ような気がする。

「数年前に思いきった改修をいたしましたので、設備などは〈新館〉とほぼ変わりません。ご不便はないはずですので」

「昭和初期の建物、なのですか」

私の何気ない問いに、支配人は「ええ」と頷《うなず》いてこう答えた。――ような気もする。

「何でも当時、米国はマサチューセッツ州出身の著名な建築家が設計したものだそうでして……」

案内されたのは六階建ての最上階の一室で、手渡されたカードキーには【Q－606】という部屋番号が記されていた。

8

そして私は、開いたそのドアの向こうに足を踏み入れてみたのである。

無視することはどうしてもできなかった。

なぜに今、このドアが勝手に開いたのか。この向こうには何があるのか。……「気にするな」「やめておけ」という心中の声に抗《あらが》って身体が動くのを、どうしても止めることができなかった。

ドアの向こうは暗闇だった。差し向けた懐中電灯の光がすべて、力を奪われて呑《の》み込まれてしまうような、濃密な。

恐る恐る一歩、二歩、と進んだ時——。

ゆらっ

と、眩暈《めまい》を感じた。闇に弄《もてあそ》ばれるかのように、軽く一度。さらに一歩、足を踏み出したところで、

ゆらっ……ゆらあっ

と、二度。

強く頭を振り動かしてそれを払おうとした私だったが、その刹那《せつな》、ふっと懐中電灯の光が消えた。

電池が切れた？

焦る気持ちを抑えつつ、歩みを止めて背後を振り返った。——ところが。

入ってきたドアが、見えない。完全に闇に閉ざされてしまい、その所在が分からな

いのだ。窓から射し込んできていた星明りの仄かな光すら、どこにも……。

たとえ見えなくても、引き返せばすぐそこにドアはあるはずだった。——のだが。

私はその選択をせず、消えた懐中電灯を握りしめたまま、暗闇の中を前へ進むことにしたのである。好奇心ゆえに……いや、それだけでは説明しきれない、自分でもしかと理由の解せない衝動に駆られての動きだった。

ぐらああっ
という激しい眩暈に襲われたのは、その数瞬後である。たまらず私は膝《ひざ》を折り、あえなくもその場にくずおれてしまい……。


…………

…………

…………


……ようやく眩暈が去って身を起こすと、状況に微妙な変化が生じていた。さっきまでの暗闇がわずかに薄まり、室内の様子がかろうじて見て取れるのである。

懐中電灯を握り直した。だめもとでスイッチを押してみると、点いた。電池切れではなかったのか。しかし、なぜ……。

疑問は山ほどあったが、一つ一つをちゃんと考える余裕もなく——。

蘇った光を巡らせながら、私はおっかなびっくりで歩を進めた。部屋には五、六人でもゆったりと使えそうなソファセットがあり、隣室よりも広いデスクがあったが、ベッドは置かれていない。

スイートのリビングルーム、か。

いったんはそう了解したのだが、すぐさま「いや、待て」と心中で呟いていた。それにしては、何だか変ではないか。何だかこれは――この部屋は……。

どこがどのように？　という細かな観察や比較ができたわけではない。そんな気持ちの余裕も、やはりなかったから。だが、しかし――。

違う、と感じたのである。

ここは違う。

この部屋は違う。

さっきまでいた隣の客室とは、何と云えば良いか、空気が違う。性質が違う。組成が違う。――ような気がして。

私はいくぶん動きを速めつつ、窓の手前に据えられたデスクに歩み寄った。懐中電灯の光が、卓上の電話機を捉《とら》えた。

「ああ……違う」

私は混乱せざるをえなかった。

電話機の形状が、隣室のそれとは明らかに違っている。プッシュ式ではなくて、今やすっかり見かけなくなったダイヤル式なのである。さらに——。

「……4、4、9」

ダイヤルの中央に貼られたラベル。そこに並んだ数字を読み取って、私の混乱は決定的になった。

隣室の部屋番号は【Q−606】なのだ。〈旧館〉の六階六号室。なのに、ここは【449】？　四階の四十九号室？　そんなことが、いったい……。

さっぱりわけが分からなかった。

あまりの気味悪さに耐えかねて、私は入ってきたドアのほうへと踵《きびす》を返す。恐ろしく濃密な闇が、そこには立ちはだかっていた。もうここからは退散したくて光を投げかけるが、その闇は少しも払われることがない。それどころか光を吸収してみずからの一部に転化させ、じわじわと膨れ上がってくるようにさえ見える。いったいこれは……。

おろおろとさまよわせた視線が、デスクの向こうの窓に引き寄せられた。

カーテンの引かれていない、ガラス張りの……ああ、この窓も違う。明らかに隣の部屋とは造りが違っていて、見ると外にはヴェランダがある。開ければそこに出られるようになっている。

膨れ上がってくる闇が怖くて、私はとっさにその窓を開けた。

逃げるようにしてヴェランダへ出た。

出た瞬間、外気の冷たさに驚いた。

息が見る見る白く凍った。秋の初めではない。まるでこれは、真冬の……。

フェンスの手すりに胸を付けて、私は空を振り仰ぐ。流れる雲間からその時、月影が覗いた。赤茶けた妖しい光を発する、弓のような三日月が……そして。

月光が照らし出した風景。

あああ、これも違う。

まったく違う。

隣室の窓から見えたホテルの庭ではない。見えるのは庭園の森ではなくて、長々と連なる高い土塀と、その外に立ち並んだたくさんの……あれは？　――あれはそう、墓石ではないか。あの土塀の向こうは墓地、なのか。そんな……。

幻覚のたぐいかと思い、私はふたたび空を仰いで幾度か強く瞬《まばた》きをした。墓地がある（ように見える）方向を意識的に避けて、別方向へ目を転じる。すると――。

右手斜め前方、だった。

遠くに何か、巨大な建造物の影が見える。月明りのおかげで、赤く塗られたその色も見て取れるが……あれは？　――あれはそう、鳥居ではないか。私が知る東京の、F＊＊ホテルの近辺にはあるはずのない、巨大な赤い鳥居の影が……。

……ここは。

ここはいったい、どこなのだ？

と、ようやく私はみずからに対してそう問いかけた。問いかけた時点でしかし、もはや答えは分かっていたようにも思う。

ここは滞在中のF＊＊ホテルではない。東京ですらない。現実的に考えて絶対にありうるはずのない話だけれど、もしかしたらここは……。

ひょぅ

と、とつぜん異様な何かの〝声〟が夜気を震わせた。

ひょおぅ

何だろうか、正体不明の動物が発する鳴き声のような不気味な響きが、どこか遠くから……いや、そんなに遠くではないのかもしれない。どこかそう、意外にこの近くから。

ひょぅ、ひょおおおおおおぅ……

「さて、どうかな」

鳴き声に重なって、遠い記憶のあの言葉がまた耳に蘇ってきた。

「どんな秘密か、分かるかな」

9

寒さと恐れに身を震わせながら、室内に戻った。

部屋全体の闇の濃度が、さっきよりも増しているように思えたが、いつのまに取り落としてしまったのか、右手に握っていたはずの懐中電灯がなくなっている。窓から射し込むわずかな月光だけが、かろうじて視力を支えてくれていた。

私はデスクに駆け寄り、電話機の周囲を探った。客室に備え付けのメモパッドがあるはずだった。やがてそれを見つけると、取り上げて窓辺に引き返す。月明りに当てながら、懸命に目を凝らしてみた。そして――。

私は読み取ってしまったのである。

メモパッドの黒い革表紙の隅に並んだ、小さな銀色の文字を。――「Q＊＊ホテル」という。

「やはり」と「まさか」が激しくぶつかりあい、精神《こころ》が悲鳴を上げそうになる。

やはりここは、滞在中のF＊＊ホテルではないのだ。むかし大叔父に連れていかれたQ＊＊ホテルの、ひょっとしたらあのとき彼と泊まったあの客室の……いや、まさか。まさか、そんなことが起こりうるはずが……。

雲がふたたび月を隠したのだろう、窓から射し込む光がすうっ、と消えた。文字どおりの暗闇が、竦然《しょうぜん》と立ち尽くした私を包む。

何も——本当に何も、見えなくなった。

視力と同時に方向感覚も奪われてしまい、入ってきたドアがどこにあるのかも分からない。だいたいの見当すらつかない。

〈ブリザードQ〉を浴びて凍ったムカデさながらにその場から一歩も動けない、そんな状態が何秒か続いた時——。

気配を、ふと感じたのである。誰か……いや、何かの、ひんやりとした妖しい気配を。

深い闇の奥から、ひた、ひた、と音がした。

ひた、ひたた……と、何やら水の滴《したた》りのような。いや、そうじゃなくてこれは、水を滴らせながら歩く何ものかの……。

「さて、どうかな」

遠い記憶の言葉が、また耳に。

「どんな秘密か、分かるかな」

——と、ここに至ってようやっと、私は思い出したのだった。

あの夜を最後に私は、大叔父とは会っていない。一度もその後、会うことがなかった。それはつまり、あの夜を最後に彼が消えたから。忽然《こつぜん》と行方をくらましてしまったから。だから……。

七年後にはそして、失踪《しっそう》宣告による死亡認定が下されたのである。大叔父は死んだ、ということになった。その後、彼の葬儀が行なわれたのかどうかは知らない。彼の墓がどこにあるのかも、私は知らない。

ひた
闇の奥から音が、だんだんとこちらへ近づいてくる。

ひた、ひたた……

かすかに嫌な臭《にお》いを感じた。何だか古い魚のような、生臭い……。

全身の皮膚が激しく粟立っていた。

もはや一刻も早く、ここから逃げ出したかった。なぜなのかは分からないが、とにかく私は決して来てはならないところに迷い込んでしまったのだ。

早く逃げなければ。

ここから脱出しなければ。

さもなければ私は……ああ、しかし。

私は動けない。真っ暗闇の中にただ、立ち尽くすしかない。

光が欲しい、と切実に思った。

どんなにわずかでもいい。せめて、ほんの少しでも何かが見えれば……。

その願いが通じたかのように、その時。

蒼白い小さな光が、音もなく眼前を横切ったのである。

思わず「あっ」と声を上げ、光の動きを追った。

ゆっくりと明滅しながら、ゆらゆらと闇の中を飛んでいる——それが、気づけば他にも二つ、三つ……全部で四つ。

「……ああ」

ささやかな驚きとともに、私は悟った。

「ホタル、か」

F＊＊ホテルの庭園に棲《す》むホタルが、私と同じようにあのドアからこちらへ迷い込んできて……。

四つの小さな光は緩やかにもつれあいながら、ついー、ついいーっ、と一つの方向へ飛んでいく。闇の奥から近づいてくる何ものかを忌むように。「ほら、こっちだよ」と私を招くように。

季節はもう秋の初め。今年の成虫はとうに死に絶えているはずなのに……と承知しつつも、私はすがる思いで彼ら（——ホタルの、幽霊？）のあとに続いたのである。

10

——という話をこの日の昼過ぎ、部屋を訪れた秋守氏にしたところ、彼は私の大真面目な顔を心配そうに覗き込んでこう云った。

「うーん。寝不足が続いているんですよね」

そんな悪夢を見たんですね、という意味なのだろう。

まあ、しごくもっともな反応である。——と思いながらも、私は「いやあ」と首を振って、

「ちゃんと起きていて、意識もはっきりしていたんだけど。で、確かにあの時、あのドアが……」

部屋の奥の例のドアを見やる。それはしかし、今朝ベッドで目覚めた時にはもとどおり鍵《かぎ》が掛かり、閉め切られた状態に戻っていたのだった。

「ちょっと根を詰めすぎなのかもしれませんね。原稿ももちろん大事ですが、ここで倒れられたら元も子もありませんからねえ」

受け取った数枚の原稿を鞄《かばん》に入れながら、秋守氏は云った。

「ずっと閉じこもりで、運動不足なのも良くないんですよ。きちんと食事をして、気

分転換にホテルのプールで泳いだりもしてみては？」

うう、何と優しい担当編集者であることか。――と感じ入る私だったが、「ホテルのプール」という言葉を聞いてこの時、なぜかしら落ち着かない気分にもなったのである。

ひた、と音が聞こえた。古い魚のような臭《にお》いが、ほんのかすかに漂った。鞄を持って立ち上がった秋守氏の目が、柔和な笑顔の中でそれだけ、何だかとろんと濁っている。――ような気がした。

海鳴り

1

薄墨色の雲で覆い尽くされた空の下、一人の女が立っている。

仄暗《ほのぐら》いモノトーンの風景の中で、そこだけが特別に画像処理されたかのような、鮮やかな深紅の人影。――赤いロングコートを着た女性である。コートのフードを目深に被《かぶ》っているので、こちらを向いているのにその顔立ちは分からない。――のだが。

どこかで会ったことがある？

見た瞬間、そう感じた。

周囲に何もない、おそらく崖《がけ》の上のような場所だろう、と思われる。なおかつ、おそらくここは海のそばだろう、とも。

ごつごつした黒い岩ばかりの地面。灌木《かんぼく》や雑草のたぐいもいっさい見当たらず、全体に何とも云えない荒涼感が漂っていて――。

ごごぅ

ごごごごごぅぅ……

と、低い音が響きつづけている。これは波の音……と云うよりも、海鳴り、だろうか。内陸の盆地で生まれ育った私には馴染《なじ》みのない音だけれど、何となくそう思えた。

女の姿を捉《とら》えるカメラの角度が、少し変わる。すると彼女の向かって左後方に、薄墨色の空とは別の青黒い広がりが映り込む。——やはり海だ、あれは。

フードを目深に被ったまま、女の顔が左へ四十五度近く向きを変える。そうしておもむろに、それまでコートのポケットに入れていた右手を外に出す。人差指を立てながら、腕を横に伸ばす。

彼女は海のほうを指さしている。——ように見える。

そのまましばらくの間、女は身動きしない。女の姿を捉えたカメラも動かない。

ごごぅ

ごごごごごぅぅ……

と、海鳴りは続いている。

そのビデオテープには、そんな映像が記録されていた。

2

一昨日の話になる。

急に体調不良を訴えて、妻が入院したのである。私が日頃から世話になっている、件《くだん》の深泥丘《みどろがおか》病院に。

昨年秋のカンヅメの効果もあってようやっと完成した書き下ろし長編が年明けにぶじ刊行されて、ひと息ついた二月も下旬——最後の週末の出来事だった。

強い頭痛と吐き気が主症状だったので、さすがに慌てた。懇意にしている主治医の石倉《いしくら》（一）医師に電話して事情を話すと、動けるようならすぐに病院へ来なさいと命じられた。あまり症状が激しいようなら救急車を、とも云われたのだが、本人に訊《き》いてみると頑強に「救急車は嫌っ」と拒否する。大いに不安を覚えつつも、とるものもとりあえず私の車で病院まで連れていき……。

症状からして、とにかく心配なのは脳出血関連の疾患だったが、幸いにも石倉（一）医師は脳神経科の専門医である。すみやかに必要な検査をしてくれて、その結果——。

「ご心配は要りませんよ」

相変わらず左目にウグイス色の眼帯をした医師は、穏やかな調子で告げた。

「ＣＴで診る限り、クモ膜下出血などの異常はどこにも認められません。発熱はないようですから、髄膜炎の恐れもないでしょう」

「ああ……」

胸を撫《な》で下ろしながらも、根が心配性の私は問わずにはいられなかった。

「検査はＣＴだけで大丈夫なんでしょうか。ＭＲＩは？」

「手足が痺《しび》れたり舌がもつれたりで脳梗塞《のうこうそく》が疑われる場合はＭＲＩが有効ですが、奥様の症状では、それはないものと判断できますので」

「ええと……では、腫瘍《しゅよう》は？　脳腫瘍は頭痛と吐き気の症状が出ると聞きますが」

「それも大丈夫でしょう。腫瘍はＣＴで分かりますから」

「ああ……そうですか」

ふたたび胸を撫で下ろす私を、医師は眼帯で隠されていない右の目で見据える。それから、診察室の隅に控えていた若い看護師のほうをちらっと窺《うかが》った。咲谷《さきたに》という名の、顔馴染みの女性看護師である。

「鎮痛剤と制吐剤を投与して、その効果もあって今、奥様はあちらで眠っておられますが」

医師は云った。

「症状がすっきり治まらないようでしたら、念のために何日か入院されますか。ついでにあちこちを検査しておくのも、悪いことではないでしょう」

「ああ、はい。そうですね」

考えてみれば、彼女は私と違って、普段からほとんど医者にかかることがない。年齢は同じなのに……もともとが私などよりずっと健康なのだ。──とは思うものの、一方で彼女は、私よりずっと我慢強い性格でもある。少しくらいの不調なら口にさえ出さず、病院へ行こうともしない。医師の勧めどおり、この機会に療養がてら、身体の状態を仔細《しさい》にチェックしてもらうのも良いだろう。

──にしても。

私たち夫婦には子供もいないので、妻の入院というのは結婚以来、初めて経験する事態であった。いささか緊張しつつ、

「では、よろしくお願いいたします」

と、私は丁寧に頭を下げた。

「では──」

と医師は応《こた》え、その斜め後ろで看護師が微笑んだ。彼女の左手首に分厚く巻かれた包帯が、このときふと目に留まった。

3

みゃあ、と猫が鳴いた。

妻が入院した日の深夜。一階のリビングルームで独り、オランダ産のZ級ホラー『ムカデ人間』（トム・シックス監督／二〇〇九年）のDVDを、どんよりとした気分で観ていた時のことである。

みゃあ、みゃあああ……と、猫は何度も鳴く。飼っている二匹のうちの一匹だったが、やがてもう一匹も同じように鳴きはじめた。

最初は「うんうん」と生返事をしていた私だった。

食事はさっき与えたばかり。トイレの掃除もその時にした。猫じゃらし系のおもちゃでひとしきり遊んでもやった。なのに、彼らはしつこく鳴きつづける。

ふだん自分たちの世話をしてくれている妻の不在が、きっと気に喰《く》わないのだろう。寂しがっている、とも受け取れる。

構いだすときりがないし、映画の展開もいちおう気になるし……で、ここは無視しようと決めた。——のだが、ほんの数分後にはもう、その決意は撤回されることになる。

「はいはい」と猫撫で声で応じてＤＶＤの再生を止め、私はソファから立った。

みゃあみゃあと鳴きつづけながらリビングを出ていく猫たち。餌の器やトイレなどがある〈猫部屋〉へ向かうわけでもなく、廊下をとことこと進んでいく。二匹を追って廊下に出た私のほうを、幾度か動きを止めては振り返ったりもしつつ——。

そうして彼らが行き着いたのは、家の奥まった場所にある部屋の前、だった。二匹揃ってそこに鎮坐《ちんざ》し、閉まっている焦茶色の扉を見上げる。私が追いつくと、扉と私の顔を交互に見ながらまた、それぞれに「みゃあ」「みゃああ」と鳴く。

「入りたいの？　ここに」

たまの来客がある時以外はほとんど使われていない和室、である。八畳の広さに、調度は和机と坐椅子があるだけ、という部屋のはずだが。

「誰もいないよ、ここには」

私は猫たちに云って聞かせた。

「お客さんは来ていないし。奥さんは入院中で、しばらく帰ってきませんからね」

なんていう言葉が彼らに通じるはずは、もちろんなくて——。

みゃあ、みゃあああ……と、猫たちはなおも鳴きつづける。身を伸び上がらせて扉に前脚をかけ、かりかりと爪を立てる。「入れてくれ」というアピールである。

「本当に誰もいないよ」

根負けして私は、扉を開けてやった。

二匹は満足げに「みゃん」と応じ、部屋に駆け込んでいく。私もそのあとを追って扉を抜け、明りを点《つ》けた。

この和室に足を踏み入れるのは、はて、いつ以来だろう。

猫たちの動きを気にする一方で、私はふと考えていた。

明りが灯《とも》った室内の様子は、記憶にあるこの部屋のそれと一致するものだった。だが、同時に漠然とした違和感を覚えてしまったのも事実で——。

紅叡山《こうえいざん》の麓《ふもと》にこの家を建てて居を移してから、かれこれ八年余りになる。だが、改まって考えてみるとそう、私が普段の生活で使っているのは、けっこうな広さがあるこの家の中の、非常に限られた区域でしかないのである。

二階の書斎まわりと自分の寝室。一階のリビングとダイニング。地階に設けた書庫。あとはそれこそ、洗面所にトイレ、浴室くらいのものか。

書斎まわり以外の片づけや掃除は妻に任せきりだから、来客用のこの和室に入ることはめったにない。リビングやダイニングは別として、その他の一階の部屋部屋についても同様である。

だから、だろうか。

久しぶりに足を踏み入れた和室の、この違和感。何だかそう、誰か他人の家の、見知らぬ部屋に迷い込んでしまったかのような、妙に居心地の悪い……。

　みゃあ、と猫が鳴いた。

　入って右手奥に造られた床の間に、彼らの姿があった。もともと何もない——花瓶の一つも飾られていない、形ばかりの床の間である。そこに二匹が、置物のように並んで坐《すわ》っているのだ。

「何やってるの、そんなところで」

　問いかけて私が近寄っていくと、彼らは何やら落ち着きなく、床板《とこいた》の上を行ったり来たりしはじめた。そうしながらまたぞろ、
　みゃあ、みゃあああ……

　先ほどと同じような鳴き声を発しはじめるのである。まるで私に何事かを訴えかけようとでもするように。

「ここには誰もいないよ。いないでしょ」

　——しかし。

　漠たる違和感を覚えつつも、私はそう応えるしかなかった。

「さあさあ。もう気が済んだだろう。ここは寒いからね、あっちへ戻りますよ」

　翌日の午後、病院へ妻の様子を見にいったのだけれど、この夜のこの出来事をわざわざ告げはしなかった。別にそんな必要も感じなかったのである。

　ところが——。

4

赤いコートの女は海のほうを指さしたまま依然、身動きしない。その姿を捉えるカメラも動かない。

ごごぅ

ごごごごごぅぅ……

海鳴りだけが、えんえんと続いている。

5

妻が入院して二日め。その夜にもまた、同じようなことが起こったのだった。

深夜になって、猫たちがまたしてもしつこく鳴きはじめて、ついていくと行き先はまたしても同じ和室で、中に入れてやると床の間に上がって坐ったりうろうろしたり……という。あまつさえ今度は、掛軸も何も飾られていない奥の壁を、二匹揃ってじっと見上げたりもする。

何だろう。

私は不審を抱かざるをえなかった。

何なのだろう。

室内にゆっくり視線を巡らせる。庭に面した窓の障子はぴったり閉まっている。暖房が入っていないので、ひどく寒い。寒さの中で、いったん芽生えた不審はややもすると妄想じみた疑念へと膨らんでいき……。

……もしかして。

もしかして、ここには何かが、い、い、る、のだろうか。猫たちの目には見えて私には見えないような、何かありうべからざるものが。

……まさか。

まさかなあ、と思いながらも私は、次の日にまた病院へ行った時、この話を妻にしてみたのである。すると──。

「気にしなくていいと思うけど」

病室のベッドの上で身を起こし、妻は浮かない顔で少しだけ首を傾げた。

「それで何か、和室で妙なものが見つかったりしたの？」

「いや、別に何も」

「だったら、いいじゃない」

と、彼女の反応はいやにそっけない。

「でもねえ、二日続けて同じ……というのも気になるなあと」

「気にしない気にしない」

もともと私などよりもずっと好奇心が旺盛《おうせい》で、こういう話にはもっと関心を示すはずの彼女なのだが。――突然の入院やいろいろな検査の連続で、さすがに気が滅入《めい》っているのだろうか。

「ねえ、咲谷さん」

ちょうど病室に来ていた例の看護師に、妻が声をかけた。

「あなたのおうちにも猫、いるんでしょ」

「あ、はい」

「ときどきそういう意味不明の行動をすること、あるでしょう」

「ときどきと云うより、うちの子はしょっちゅう。そんなものですよね、猫って」

「そんなものですか、やっぱり」

と、私が言葉を挟んだ。看護師はうっすらと笑みを浮かべて頷《うなず》いてから、「ただ――」と続けた。

「猫はたまに、わたしたち人間には感じられないものを感じ取っていると云いますか……それも確かだろうと」

「おや、そう思われますか」

「はい」

看護師はまたうっすらと笑みを見せながら、左手首に巻かれた包帯を右手でそっと撫でた。

「ですが、どうしてみてもしょせん、わたしたちには感知できないことですから。奥様のおっしゃるとおり、気にしないのが一番でしょうね」

6

ごごぅ
ごごごごごごぅぅ……

と、海鳴りは続いている。

赤いコートの女は相変わらず身動きせず、ただ海のほうを指さしつづけている。その姿を捉えるカメラもやはり、まったく動かない。——ところが、不意に。

横殴りの強い風が、画面左手——海のほう——から吹きつけてきた。女の身体が強風を受けて揺らぎ、よろめくように一歩、二歩と右側へ移動する。カメラは淡々と女の動きを追う。――その時。

目深に被っていたフードが風に煽《あお》られ、彼女の頭から外れてしまったのである。そうして露《あら》わになった女の顔を見て、

「ああっ」

私は思わず声を上げた。

この顔は……知っている。

最初に感じたとおり、彼女は「どこかで会ったことがある」人物だったのだ。彼女は――。

咲谷というあの、深泥丘病院の看護師ではないか。

ごごぅ

ごごごごごぅぅ……

と、海鳴りは続いている。

さっきからだんだん、その音が大きくなってきている。――ような気もする。

7

さて、そして三日めの夜。——すなわち今夜。

猫たちはみたび、例の和室へ向かったのである。中に入れてやると例によって、床の間をうろうろしたあげく、奥の壁を見上げてひとしきり、みゃあみゃあと鳴きつづける。

「気にしない気にしない」といくら自分に云い聞かせてみても、気になるものはやはり気になる。気になって、どうしても考えてしまう。

彼らはいったい、ここで何を？

この疑問はそして、いともたやすく一つの答えに行き着くのだった。

彼らはやはり、この部屋に何かを感じ取っているのだ。人間には感じられない何かを。それを一昨夜以来、こうやって私に伝えようとしているのではないか。——そうだ。きっとそうに違いない。

シチュエーションはまるで異なるけれど、エドガー・アラン・ポウの名編「黒猫」をついつい思い出したりもしながら、私は猫たちがいる床の間に歩み寄った。そうして彼らが見上げる奥の壁に、そろりと手を伸ばしてみたのである。

藍《あい》色の壁紙が貼られたその壁に右の掌《てのひら》を押し当てて、若干の力を加えた。それだけのことで、すぐに「ん？」と思った。

何だろう、これは。

この手応えは……。

「人間には感じられない」という言葉からイメージされるものよりもずっと現実的な、しかし別の意味で非常に不可解な答えが、そこにあったのだ。

これは単なる〝壁〟ではない。

これは……。

私は猫たちと同じように床板に上がって、今度は両手を壁に当てた。そして力を込める。いくつかの力の向きを試すうち、呆気《あっけ》ないほどにすんなりと正解を得た。

軽く押しながら、右方向へ。

がらっ、と低い音を立てながら、すると壁の一部分が横に動いたのだ。――単なる〝壁〟ではない。これは〝戸〟だ。中央奥のその部分が、右方向へスライドして開く引き戸になっている。要は、床の間の壁に〝隠し戸〟が仕掛けられていたのである。

「うむぅ……」

唸《うな》りとも呻《うめ》きともつかぬ声が、私の口から洩《も》れた。

謎の答えがこうして明らかになったのは良いが、同時に私が直面せねばならなかったのはむろん、さらなる謎であった。

いったいいったいなぜ、こんなところにこんなものがあるのか。いったいいつのまに、こんなものが……。

ここは私の住《す》み処《か》なのに。

八年前から住んでいる自分の家なのに。

なのに、今の今まで私は、この和室にこんな隠し戸が存在するとは知らなかったのだ。ああもう、どうしてそんなことが……。

しかしそう、思い返してみれば、この家を建てるに際しての具体的なあれこれは当時、ほとんど妻に任せきりだったから。私はあの時期、大変に難儀な長編連載の締切に追われて疲労困憊《こんぱい》していて、ひどい精神状態で……だから。

妻が私には内緒でこんな仕掛けを造らせるのも、不可能ではなかったかもしれない。

――が、それにしても。

隠し戸があるということはつまり、この向こうには相応の空間、すなわち〝隠し部屋〟が存在するわけである。

住みはじめて八年もの間、私はその存在に気づかずにいたのか。いくら何でも、そんな……。

私はみずからの記憶を探る。

一階の和室……この隣には何があった？　そもそもこの家はどんな全体構造で、どんな間取りになっていた？

躍起になって思い描こうとするが、どうにもうまくいかない。肝心の部分が黒くぼやけているどころか、下手をすると全体の輪郭さえ定かに見えてこない。

あああもう、どうしてこんな……。

軽い眩暈《めまい》を感じつつ私は、開かれた隠し戸の向こうへ足を踏み入れた。壁を手探りして照明のスイッチを見つけ、点けた。

狭い、何もない部屋だった。

せいぜい三畳程度の広さで、戸棚の一つも見当たらない。本当に何もない、空っぽの納戸のような……と思ったのも束の間。

いや、何もないことはない。

私は気づいた。

あそこに見える、あれは？　部屋の奥の、あの床にあいている四角い穴は……。

階段が、その穴の中にはあったのだ。地下へ向かって延びる階段、である。

書庫に使っている地下室とは別に、この家にはもう一つ、私の与《あずか》り知らない地下空間が存在したのか。これもやはり妻が、私には内緒で造らせたものなのか。

ぐらあっ

と、さっきよりも強い眩暈が降りかかってきて、私は額に両手を当てた。

8

このあとしばらくの記憶は、ひどく胡乱《うろん》である。

大いに当惑しながらも自分が、地下へ向かうその階段を降りていったのは確かなのだった。その先の行動についてはしかし、なぜかしら切れ切れにしか思い出せなくて……。

……階段の下には存外に広い空間があった。

ざっと見た感じ、一階のリビングよりも遥《はる》かに広い——ような気がした。明りを点けても隅々までは光が届かず、全貌《ぜんぼう》が把握できない。何のために造られた部屋なのかも、ざっと見ただけでは定かでなく……と、ここで視界が暗転する（実際に暗くなったのではなくて、「記憶が途切れる」という意味で）。

スポットライトを浴びて浮かび上がったような場所が、部屋の一角にあった。気がつくと私は、そこに佇《たたず》んでいる。

相当な年代物と思われる木製のデスクと回転椅子がある。デスクの横には、これも相当に古びた木製の書棚が…………短い暗転。

書棚の前に立つ私。

棚にはたくさんの本が並んでいるが、どの本にもなぜか黒いブックカヴァーがかけられていて、書名が分からない。並んでいるのは本だけではない。ノートやバインダーのたぐいも、たくさん…………ふたたび短い暗転。

身を屈《かが》めて、棚の下から二番めの段を覗《のぞ》き込む私。

A4サイズの書類《ファイル》ケース（紙製の、平たい箱のようなタイプの）が、その段にはずらりと並んでいる。赤と緑と黄、三色のヴァラエティがある。

よく見ると、各ケースの背にはタイトルらしき文字が小さく書き込まれていた。暗くてたいそう読み取りづらいが、黄色の背に黒い字のものについては、かろうじていくつか……。

追い越し

影男

一緒に見ていた

赤い女

どこの子

空きチャンネル

密閉

続きをしよう

…………

…………

……ああ、何だろうこれは。どことなく不気味な感じのする言葉ばかりだけれど

…………一瞬の暗転。

猫目島《ねこめじま》

さらに一つ、読み取ることのできたタイトル。他と違って、これは固有名詞だ。猫目島といえばそう、妻の故郷の、南九州に実在する小島である。

若干のためらいののち、私はその書類ケースを棚から引き出したのだった。——とたん。

ぐらあああっ

と、強烈な眩暈に見舞われた。——ような気がするのである。

私は書類ケースを胸に抱き込むようにしながら、あえなくもその場にくずおれてしまい…………長い長い暗転。

9

みゃあ、と猫が鳴いた。

その声で、はっと目が覚めた。正体不明の〝秘密の地下室〟ではなく、見慣れた一階のリビングで。私はソファの上に倒れていた。猫たちが足許《あしもと》にいて、怪訝《けげん》そうにこちらの様子を窺っていた。

夢……だったのか？

一瞬そう疑ったが、いや、そんなわけはない。決してない。

気を失いながらも胸に抱えていたものが、その証拠だった。「猫目島」とタイトルが記された黄色い書類ケース、である。

これを書棚から引き出したとたん、強烈な眩暈に見舞われて視界が暗転して……あのあと私は自分でここへ戻ってきて、このソファの上でふたたび気を失ったのか。記憶は朦朧《もうろう》としているけれど……おそらくそうなのだろう。他に考えようがないではないか。

深呼吸を繰り返して充分に心を落ち着かせて……そして私は恐る恐る、持ち出してきたケースを開けてみた。

中身は書類ではなく、煙草の箱よりもひとまわり小さなミニDVカセットが一本。それだけ、だった。ひと昔前の一時期、家庭用の動画記録媒体として普及していた規格である。

カセットにはラベルが貼られていた。書類ケースのタイトルと同じく、ここにも「猫目島」と書き込まれている。見《み》憶《おぼ》えのある妻の筆跡だった。

内容を確かめてみたい、と思った。持ち主に無断で、ということになってしまうがこの際、致し方ない。テレビボードの抽斗《ひきだし》を探すと、規格の合う古いビデオカメラが見つかった。テレビにつなぎ、カセットを入れた。動作に問題はなかった。

——と、このような経緯があって再生されはじめたのがつまり、いま私が観ているこの映像なのである。

10

タイトルから察するに、これは実際に猫目島で撮影されたものなのだろう。撮影しているのはそして、妻なのだろう。もしかしたらいま再生に使っているこのカメラで、なのかもしれない。——にしても。

ここに映っているこの女が、深泥丘病院のあの看護師だったとは。

彼女と妻とは、近年いよいよ曖昧《あいまい》になりがちな、私の頼りない記憶によれば、いつだったか病院で開催された〈奇術の夕べ〉の日が初対面だったはずである。あれは何年前だっただろう。確か送り火が「六山」だった年の秋だったから……五年と数ヵ月前、か。——素直に考えればこれは、少なくともそれよりもあとに撮られた映像であることになる。

この間に妻は、幾度か猫目島の実家へ帰っている。しかし、私と共通の知り合いであるこの看護師と島で会った、などという話は聞いていない。あくまでも私の頼りない記憶によれば、だが。——だが、思えばそう、彼女の苗字《みょうじ》が「咲谷」だと知った当初から少し、気にかかってはいたのだ。猫目島ではとても多い、けれども全国的には珍しい苗字だったから。だいたい咲谷というのは……だから、ひょっとしたら彼女がそもそも島の出身者だという可能性もある。高校時代まで東京に住んでいたと聞いた記憶もあるが、生まれたのは猫目島だったのかもしれない。生まれがそうではなくても、親が島の出身だったのかもしれない。——となると、彼女と妻が島で遭遇したのはまったくの偶然、とも考えられる。あるいは逆に、〈奇術の夕べ〉の日が初対面というのは嘘で、実のところ二人はもっと前からの知り合いだった、とも……ああああもう、こんなふうに疑いだすときりがない。——にしても。

分からないのはこの映像の意味である。

撮影日時の表示はない。猫目島の海辺の、崖の上のような場所。季節は冬。ひたすら海のほうを指さす看護師。えんえんと続く海鳴り。……

いったいこれに何の意味があるのだろう。

いつ何のためにこんなものが撮られ、わざわざ書類ケースに入れてあんな地下室に保管されていたのだろう。

強風でコートのフードが外れたあとも、映像は同じ調子で続いている。

ごごぅ
ごごごごごごぅぅ……

と、海鳴りも続いている。

だんだんとやはり、その音は大きくなってきている。——ような気がする。

何か、どこか、なぜか、たまらなく不穏な予感に怯《おび》えながら私は、終わる気配のない映像を観つづける。冬場の乾燥のせいで、唇の端が皹割《ひびわ》れていて痛い。舐《な》めると少し血の味がした。

ごごぅ
ごごごごごぅぅ……

海鳴りの音に交じって、この時とつぜん誰かの、声が響いた。

撮られている看護師の声ではなく、撮っている妻（と思われる人物）の声でもない。女性ではなく、明らかに男性の声が——。

「ゆい！」

と、そう叫んだ。

「ゆいっ！」

驚いたふうに看護師が、画面右手——海とは逆のほう——を振り向く。その動きを追うようにして、カメラも大きく右に振れ……。

「ゆいっ！」

叫びながら走ってくる男の姿を捉えた。

黒いダウンジャケットを着た中肉中背の男、だった。「あっ」と間近で洩れる撮影者の声とともにカメラがズームインし、男の顔に焦点が合う。

ああ……これは。

私は喰い入るように画面を見つめる。

これは。

この顔は……。

……私、か？　私の顔、なのか？　ああ、そうだ。間違いない。

これは私だ。私の顔なのだ。——と認めた瞬間、である。

私は映像の中の私の〝目〟に飛び移っていた。そうしてその私の目は、海辺の崖の上に立つ二人の女の姿を捉え返す。

赤いコートを着た女（あれは看護師の咲谷……）と、ビデオカメラを構えた白いコートの女（あれは妻だ、やはり）。

「ゆいっ！」

私はまた叫ぶ。「ゆい」は「由伊」……もちろんそう、それは彼女の名前だった。

「由伊いっ！」

二人の女の遥か後方でやおら、青黒い海の一部が大きく隆起した。

ごごぅ
ごごごごごぅ
ごごごごごごごごごぅぅぅ……

と、激しい海鳴りが。いや、これは普通の海鳴りではない。この音は……ああ、まさか。

きいっ！

突然、甲高い鳴き声が天から降ってきた。薄墨色の雲を裂いて、漆黒の翼を広げた巨鳥が出現する。

きいいいいっ！

鳴き声を受けて、私は巨鳥の〝眼〟に飛び移る。

巨鳥は青黒い隆起めがけて急降下し、物凄《ものすご》い勢いで海中へ突っ込んだ。冷たい水の底へ向かいながら、鳥は怪しい魚となり冷酷な蟹《かに》となり、狡猾《こうかつ》な海蛇となり獰猛《どうもう》な鯨《くじら》となり……ついにはそれらすべてが融け合った巨大で異様な合体獣《キメラ》に変じて、海面へと浮上する。そして――。

世にも奇妙な咆吼《ほうこう》を発しつつ、それは島に向かって突進する。

崖の上で慄然《りつぜん》と立ち尽くす彼女たちと私を、島もろとも呑《の》み込んでしまう。

夜泳ぐ

1

ぴたん……と、音が聞こえた。――ような気がした。
ぴたん……ひた
ぺたっ……ひたたた
と。――これは。
これは何だろう。
水が滴《したた》る音？　あるいはそう、水に濡《ぬ》れた何ものかが歩いてでもいるような。
私は息を止め、周囲を見まわした。
夜のプール、である。あと三十分足らずで午前零時になろうかという頃合の。
二十五メートルのコースを四本備えた屋内プール。――なのだが、プールの中にも
プールサイドにも今、見る限り何ものの姿もない。いるのは私一人だけ、である。
天井の中央――ちょうどプールの真上に当たる位置に、電動開閉式の大きな天窓が

設けられている。十一月も終わろうかというこの季節で、しかも夜も遅いこの時間である。当然ながら窓は閉まっていて、ガラス張りの向こうは真っ暗で……直下のプールの水面がうっすらと映り込んでいる。

気のせいだ、と云い聞かせなければならないほどの問題でもなかった。これだけの広さを持つ空間である。何らかの原因で今のような音がするのは、別に不思議な現象でもあるまい。たとえば、どこかで結露した水滴が落ちてきて、とか。

軽く準備運動をして、スイミングキャップとゴーグル、耳栓を装着して──。

誰もいないプールに、そして私はゆっくりと入っていったのだった。

水温は、もちろん温水ではあるがやや低めで、けっこう冷たく感じられた。とりあえずしばらく水中歩行を続けるうち、徐々に身体が慣れてくる。

深夜のプールにたった一人。

受け止めようによっては心細くも不気味で、何やらホラー映画の伝統的な一場面めいた状況だけれども、普通に考えれば大変に贅沢《ぜいたく》な話だった。せっかくだからここはリラックスして楽しむべし、か。

途中で思いきり上体を反らせて、頭上の天窓を振り仰いだ。ガラスに映る自分の影が、闇に浮かぶようにしてぼんやりと見えた。

＊

古都と呼ばれるこの町の中でも、百二十余年の長い歴史を誇る老舗《しにせ》の高級ホテル――Q＊＊ホテル。その四階最奥部に、いかにも秘密めいた風情で存在するフィットネスクラブ〈Amphibian《アンフィビアン》〉の会員専用プールでの、これはある夜の出来事、である。

2

そもそものきっかけは、昨年の秋口に東京の某ホテルで敢行した、書き下ろし長編執筆のためのカンヅメであった。

結果として二週間以上の長期にわたったこのカンヅメの後半で私は、精神的なストレスの蓄積に加えてひどい運動不足に陥ったりもしたものだから、担当編集者の秋守《あきもり》氏の勧めもあり、ホテル内のプールで毎日、軽く泳いでみることにしたのである。すると、いろいろな意味で予想以上に望ましい効用が得られたのだった。

ストレスはいくぶんか軽減し、体調もいくぶんか持ち直したうえ、その頃またぞろ増加傾向にあった体重も、カンヅメ明けにはぐんと落ちていた。心なしか、身体のあちこちが引きしまってすっきりしたようにも感じられて……。

これは良いかも、と思ったのである。

齢《よわい》も五十を超えて、日頃から何かと健康不安を覚えがちな私である。慢性的な運動不足を解消するべく、地元ではなるべく散歩をするように努めているのだが、近年はどうも「走る」のが流行《はや》りみたいだから、自分もそうしたほうがいいのかしら、という強迫観念にときどき囚《とら》われたりもする。いや、しかしよく考えてみれば、私は子供の頃から「走る」のは嫌いで、苦手なのである。そしてよく考えてみれば、子供の頃から「泳ぐ」のはわりあい好きで、得意でもあった。ならば——。ストレスや運動不足の解消のためには、散歩よりも、ましてや「走る」よりも、「泳ぐ」のがいちばん自分には良いだろう。遅まきながら、そう思い至ったわけである。

昨年末あたりから、近場に手頃なプールはないかと探しはじめた。

費用的に最も安く上がるのは市営プールだったが、現在の住み処《すみか》からはずいぶん遠い場所にあるうえ、今どき夏季限定開業の屋外プールだから論外として。オープンして十年くらいの〈R〉というスポーツクラブが徒歩圏内にあるので、ではそこに入会しようか、と考えたのだが——。

「〈R〉はあまり良くないみたいよ」

妻にそう云われたのである。

「できた当初は評判、悪くなかったのにね。最近はすっかり、近所のオバサマたちの下世話な井戸端会議場になっちゃってて、何だか嫌な感じらしいって」

と、これはお向かいの森月《もりづき》氏の奥さんから仕入れた情報だという。

オバサマたちの下世話な井戸端会議場……か。ううむ、それはいかにもうっとうしくて面倒臭そうで、行くとかえってストレスが増すのは必至か。プールも常に混んでいそうである。避けるのが賢明だろう。

ではさて、どうしたものか。

――と、思いあぐねていたところで。

「Q＊＊ホテルのプールはいかがですか」

そう教えてくれたのは、件《くだん》の深泥丘《みどろがおか》病院で長らく世話になっている主治医・石倉《いしくら》(一)医師だった。今年の春先のことである。

「会費は少しばかり高めですが、そのぶんサービスも客層も悪くないそうですよ。夏休みなどは宿泊客やヴィジターが増えてどうしても混み合うようですが、普段はおおむね空《す》いていて、なかなか快適だとか」

と、医師はあくまでも伝聞としてそれを語った。

「あいにく私は泳ぎが不得手で、誘われても尻込《しりご》みするばかりなのですが……知人が何人か、会員でしてね。あそこの支配人とは私、ちょっと親しい間柄でもありますから、よろしければご紹介しましょうか」

Q＊＊ホテルと云えば、永安《えいあん》神宮や池崎《いけざき》公園から程近い高台に建つあのホテルである。わが家からは、歩いていくには遠いが、車を飛ばせばせいぜい十数分の距離だった。早朝六時から夜十一時まで利用可、というのも、往々にして生活時間が不規則になりがちな私にしてみれば嬉《うれ》しい。

かくして――。

四月半ばにはホテルを訪れて入会の申し込みをして、石倉医師の口利きのおかげか、入会のための審査もすんなりとパスして、めでたく地元での泳ぎ場所を確保した私だったのである。

3

高級ホテルのプールをたった一人で占拠して、泳ぐ。

これはやはり、なかなか気分が良いものである。カンヅメ中のホテルのプールでも幾度か同様の状況を経験したが、庶民の日常生活ではそうそう得られない解放感に浸ることができる。

まずは平泳ぎで、コースを五往復。二百五十メートルの距離を、なるべくのんびりとしたペースで。

泳ぎながら、今夜ここで自分がこうしている――この状況に至るまでの経緯を、ゆるゆると回想していた。

まずはそう、このホテルの四階最奥部にこんなプールが存在することを、初めて知った時の……。

4

五月の初めには会員証が送られてきて、以来、週に二、三回のペースで泳ぎにいくようになった私であった。

プールはホテルの二階、ロビーからエスカレーターで上がってすぐの分かりやすい場所にあって、前述のとおり開業時間は午前六時から午後十一時まで。ランニングマシンなどの機器を備えた簡易ジムも併設されており、まとめてこのホテルの「フィットネスセンター」と称されている。

プールは石倉医師の言葉どおり、特に平日はどの時間帯に行ってもおおむね空いていて、ゆったりと泳ぐことができた。週末や連休中であっても、早朝か夜遅くを狙って行けばさほど騒々しくはない、という案配もすぐに分かってきて……。

夏前にはスタッフの幾人かと顔馴染《かおなじ》みになり、プールで出会う会員の幾人かとも軽く挨拶《あいさつ》を交わすようになった。

「泳ぐ」と云っても私の場合、えんえんと何キロも泳ぎつづけるような体力も気力もないのだが、それでもかなりの程度、日頃の運動不足解消には役立ってくれたようである。おかげでこの夏は、近年では珍しいくらいに体調良好で、突発的な眩暈《めまい》に悩まされることもほとんどなくて、病院へ行く回数も明らかに減った。睡眠の質も改善された実感があるし、以前と比べて仕事にもよく集中できるようになった。――ような気がするのだが。

そうこうして夏が過ぎ、秋もすっかり深まったある日。

ひとしきり泳いでから、プールサイドに設けられたジャグジーでくたりと身体を伸ばしていた時のことである。あとからジャグジーに入ってきた二人の客の会話を、ふと聞き留めたのだった。彼らはどちらも一見《いちげん》さん（＝宿泊客）ではなく、見憶《みおぼ》えのある顔の男性会員で――。

「実は先日、四階のクラブからお誘いがかかりましてね」

「おや、それはそれは。――どうなさるのですか」

「さて……」

「めったにお誘いが来るものではない、という話でしょう？」

「ええ。ですからまあ、とりあえず体験入会だけでもしてみようかなと。完全会員制で、設備やサービスもこちらより充実しているようですし」

「永久会員権だの年会費だのが半端な額じゃないそうですが」

「その辺はまだ詳しく聞いていないのです」

「一方で、いくらお金を積んでも入れるとは限らない、という噂もありますね。いったいどういう基準で、会員を選んでいるのでしょうねえ」

「はて……」

二人のうち、「お誘い」がかかったという男性のほうは、見たところ私よりも何歳か年上。頭髪はすっかり寂しい状態だけれども、体格はスリムで筋肉質で、至って健康そうに見える。ただ――。

ちらりと窺《うかが》った彼の顔の、丸く見開かれた両の目。それが少し妙な感じで……何だかそう、心ここにあらず、とでもいうふうにとろんと濁っている。――ような気がした。

5

平泳ぎからクロールに泳法を切り替え、泳ぎつづける。ここでもやはり、なるべくのんびりとしたペースを保ちつつ。

泳ぐのは好きで得意——とは云っても、長年の運動不足と不摂生が災いして、めっきり基礎体力が低下している。初めから全力で泳いだりしたら、あっと云うまに息が上がってしまう。

コースをさらに何往復かしたところで、いったん動きを止めて休憩を。プールの縁に摑《つか》まり、しばし呼吸を整えた。

うむ。やはりこれだけのスペースを独り占めして泳ぐ、というのは気分が良い。加えて、四階のこのプール——〈Amphibian〉のこの空間はそもそも、何やら独特の非日常感に満ちていて、たとえばプールサイドに張られたタイルの質感や照明の色合い、水の匂いや肌触り……そういったものたちがいちいち、普通とは違って感じられてしまう。二階のプールも決して悪くはないけれど、もしも入会が認められるなら、金銭的に多少の無理をしてでもこちらのほうが……と思った、その時。

ぴたん……と、音が聞こえた。——ような気がしたのである。

ぴたん……ひた

先ほどと同じような、水の滴る音が。水泳用の耳栓をしているぶん、先ほどよりもかすかに、ではあったが。

ぺたっ……ひたたた

プールの端にもたれかかりながら、そろそろと周囲を見まわしてみた。だが、先ほどと同じで、どこにも何ものの姿も――。

ない。

と、見て取った刹那《せつな》。

どろどろと重々しい響きがどこからか伝わってきて、そして――。

がしゃん！

世界が破裂するような轟音《ごうおん》が、それに続いたのだ。突然の激しい雷鳴、だった。

私は身をすくませ、とっさに頭上を仰ぎ見た。――とたん。

天井や壁面に灯《とも》っていた照明が一つ残らず消えてしまい、同時に視界が闇に覆い尽くされていた。

6

「四階のクラブ」とは何なのか。二階のプールやジムの他に、このホテルにはそれよりもグレードの高いフィットネスクラブがある、という話なのか。

気になったものの、その場で二人の会話に割り込むことはできなくて、帰りがけにそれとなく、受付のスタッフに訊《き》いてみたのである。すると一瞬、相手の顔に当惑の色が浮かんだ。——ような気がして。

「はあ。まあ……」

というのが、返ってきた答えだった。

「完全会員制、と聞きましたが、二階のここも会員制ですよね。どう違うのでしょうか」

「はあ……その、あちらは宿泊のお客様などはご利用になれませんので」

「ああ、なるほど」

と、そこまでで私は質問を切り上げた。今ここでこの件については語りたくない——という相手の心中が、表情や口調からありありと読み取れたからである。

要は——と、私は想像した。

あまり広く存在を知られたくない、それこそ「一見さんお断わり」的な性格が顕著な場である、ということか。いかにもこの古い町の、長い歴史を持つこの古いホテルにはありそうな話だな、とも感じた。

想像して、いちおう納得はしたのだけれど、それでも気になってしまうのが人情である。

四階のどこにあるのだろうか。どんな雰囲気の構えなのだろうか。会員権や年会費の「半端じゃない額」とはどのくらいなのだろうか。「会員を選ぶ基準」とはどんな……。

さまざまな疑問と好奇心が綯《な》い交ぜになって膨らんできて抑えきれず、結局はその数日後――すなわち今夜、私は「作家的興味ゆえ」という便利な言葉を盾に、ホテルの四階を探索してみたのだった。二階のプールでいつものように泳いだあとのこと、である。

長い年月のうちに幾度となく増改築が繰り返されてきたQ＊＊ホテルの館内は広大で、なおかつ文字どおり迷路のように複雑であった。

中央エレベーターで四階へ上がってみたは良いが、目的の場所を示す案内板のたぐいは見当たらない。廊下でフロアの全体図を見つけても、問題の「クラブ」はどこにも記載されていない。――ので、とにかく当てずっぽうに、枝分かれや緩いスロープがあちこちにある廊下を進んでみるしかなかった。

四階は基本的に客室のフロアだが、〈会議室〉という表示の出た部屋がたくさん並んでいるエリアもあった。長い長い廊下の途中にある短い袋小路のような袖廊下《そでろうか》の奥に、個人名の記された表札のようなプレートが貼られたドアを見かけたりもした。こ、こ、に、住、ん、で、い、る、客がいるわけか——と、こういうホテルではそのようなケースがときどきあると話には聞いていたけれど、実際に目にするのは初めてなので何だか不思議な気分になったりもしつつ……。

いったいここに、本当にそんな「クラブ」があるのだろうか。

えんえんと廊下をさまよいつづけるうち、おのずと疑念や不安が胸中に広がってきたところで、ホテルの従業員と遭遇した。そこで私は、思いきって尋ねてみたのである。

「会員様でございますか」

四階のクラブはどこか？　という私の質問に、若いその男性従業員はそう問い返した。

「あ、はい」

ここで「違う」と答えると決して教えてくれなそうに思えたので、私はとっさに嘘をついてしまった。

「そうなんですが、入会したばかりなのでその、迷ってしまいましてね」

「さようですか」

　こちらの云いぶんに疑いを向けるふうもなく、従業員は応じた。

「慣れておられないと、お迷いになるのも無理はございません」

　この廊下を少し引き返して最初の分かれ道を右へ折れてまっすぐ進んで、そこからああ行ってそう行ってこう曲がって…………と、一度ではなかなか憶えきれないような道順を教えられた。どうにかこうにかそれに従って、ようやっと行き着いた先——そこはまさに、この広大なホテルの「最奥部」と云っても差し支えないような場所であった。次の機会がもしもあれば、きっとまた迷ってしまうだろう。

Amphibian

　廊下の突き当たりに黒い大きな二枚扉があって、脇にそんな表示が出ていた。控えめな大きさの金色のプレートに、「Amphibian」と彫り込まれている。その他には何の文字もない。——ただ。

同じプレートの下方には文字とは別に、トカゲのような生き物を象《かたど》ったシンプルな線画が刻まれていた。——これは何だろう。このクラブのシンボルマークみたいなもの、か。

クラブの名称と思《おぼ》しき「Amphibian」というこの単語は、確か英語で「両棲類《りょうせいるい》」の意味である。とすれば、この線画は爬虫類《はちゅうるい》のトカゲではなくて両棲類の、たとえばそう、イモリやサンショウウオを図案化したものなのかもしれない。

扉は閉まっていた。

時刻は午後十時半を過ぎたところ。二階と同じであればまだ開業中のはずだが。

そう思って、そろりと扉のノブに手を伸ばしてみたのである。

鍵《かぎ》が掛かっている様子はなかった。力を込めると、存外の軽さで扉は向こう側へ開いて……。

「こんばんは」

と、声がした。

私を迎えたのは、ダークグリーンのスーツを着た五十年配の男だった。『ファンタズム』（ドン・コスカレリ監督／一九七九年）に登場する「トールマン」のごとく背が高い。顔つきも何だかそれっぽい。

中背の私の顔を、少し身を屈《かが》めるようにして覗《のぞ》き込むと、トールマン氏は「はて?」というふうに首を傾げて、

「何かご用でしょうか」

「あ……いえ、あの」

しどろもどろの私を無表情に見下ろし、彼はこう云った。

「会員様ではございませんね」

「あ……はい、その」

私は完全に気圧《けお》されながらも、

「いや……その、二階のプールの会員なんですが、四階にもクラブがあるという話を耳にしまして、それでその……」

素直に事情を説明したのである。トールマン氏はしかし、にこりともせず、

「さようでございますか」

と応じた。

「申しわけありませんが、ここには当クラブの会員様しかお入りになれませんので」

「入会を希望しても、だめなのですか。会費がかなりその、高額だとも伺っていますが、参考までに……」

「会費の問題は二の次でございます。当クラブへの入会には審査がありまして」

「――はあ」

「ある意味、非常に厳正な審査が」

「申し込みをするには、どうすれば？」

「いえ。それはこちらから、然《しか》るべきタイミングを見計らいまして、お声がけすることになっております」

慇懃《いんぎん》な物腰ではあるが、にべもないとも云える対応だった。トールマン氏は大股《おおまた》で一歩、私に詰め寄って、

「では、お引き取り願えますか」

――と、その時である。目の前の大男とは別の人物が、おもむろに姿を現わしたのは。

「おや。これはこれは……」

現われた人物が発したのは、聞き憶えのある――ような気がする声、であった。声だけではない。現われた人物のその顔にも、見憶えがある――ような気が。――そして。

彼は私の本名を、こちらがまだ名乗ってはいないのに正しく呼んだうえで、

「いらっしゃいませ」

と、丁寧に一礼したのである。

「いずれお越しになるかもしれない、と承知しておりました」

新たに現われたこの男もまた、トールマン氏と同じダークグリーンのスーツを着ている。だが、その顔は――。

かれこれもう八年ほど、何かと世話になっている深泥丘病院の、あの石倉医師とそっくりなのだった。顔だけではない。年の頃も体格も、何もかも。――しかし。

ただ一つ石倉医師とは異なるところがあって、それは眼帯であった。

ウグイス色の眼帯で隠しているのが左目ならば脳神経科の石倉（一）医師、右目ならば消化器科の石倉（二）医師――なのだが、この男性は眼帯をしていない。もう一人の、歯科の石倉（三）医師であれば眼帯はなしで、ウグイス色のフレームの眼鏡をかけているのだが、それもない。

その代わりに――。

私は相手の目を見て、ぎょっとした。

黒眼の部分が左右ともに黒ではなくて、ウグイス色なのである。つまり彼は、ウグイス色のコンタクトレンズを装着している？　そういうことか。

「深泥丘病院の石倉先生から、お話はお聞きしております。ご本名とは違う筆名で小説を書いていらっしゃることも」

と、ウグイス色の瞳《め》の男は云った。

「いずれ当クラブに興味をお持ちになるようならば、ぜひご案内するようにと」

「ええと……あなたもその、苗字《みょうじ》は石倉さんなのでしょうか」

どうしても気になるので、私は訊いてみたのである。すると相手は頷《うなず》いて、

「私も石倉と申します。ただし、深泥丘の先生とは兄弟でも親戚《しんせき》でもないのです。よく誤解されるのですが」

「はあ。では、いったい……」

大いに混乱する私であったが、彼——石倉(四)氏と呼ぼうか——は柔和に微笑んで云った。

「まあまあ。大した問題ではありません。どうぞお気になさらず」

最初に私を迎えたトールマン氏は、この時にはもう場から消えていた。

7

落雷による突然の停電、だった。

ホテルに非常用の電源が備わっているのだろう、見まわすと二つ三つ、非常灯がさ

さやかな緑色の光を滲《にじ》ませている。おかげで完全な暗闇は免れ、それで少しはほっとしたものの——。

深夜のプールで独り泳いでいて、いきなりのこれである。いよいよホラー映画の伝統的な一場面じみてきた。

停電はしかし、遠からず解消されるだろう。エアコンの停止で室温が冷え込んでしまうとか、プールの水温が下がってしまうとか、まさかそこまで復旧が遅れるようなことはあるまい。

突然の出来事に驚いたのは事実だし、気味が悪いと云えば確かに気味が悪い状況でもあったが、冷静に考えれば、特に差し迫った危険があるわけではない。たとえば、もしも停電の原因がホテル内の火災であったりしたら警報が鳴っているはずだし、そうじゃなくても、何か大きな危険があるようならスタッフが知らせにきてくれるだろうし……だから。

そうそう経験できる事態でもないのだから、ここはいっそ、このハプニングを楽しんでしまおうか。

——と、自分でも意外なほどの鷹揚《おうよう》さで腹を決めて、私はふたたび泳ぎはじめたのである。

クロールから途中で背泳に移行すると、暗闇の中にぼんやりと天窓が見えた。つい今しがたあんな落雷があったばかりだというのに、なぜかしら夜空に雲はなくて仄《ほの》かな星明りが射し込んでいる。雨が降っている様子もない。

物凄《ものすご》く局地的な天候の激変であった、ということか。

背泳からまたクロールに戻って、ターンして平泳ぎに切り替えて……暗闇の中で私は、さらにしばらく泳ぎつづけた。

そうするうちに何だか、空間を埋めた闇の粒子がどんどんプールの水に溶け込んでくるような……そんなイメージに囚われた。粒子は私の皮膚にまといつき、皮膚から体内にまで浸透してくる。そしてやがては私のすべてがそれに侵蝕《しんしょく》され、ついにはそれと同化してしまうのである。

停電はいっこうに復旧せず、暗闇の中で黙々と泳ぎつづける私の埒《らち》もない妄想は止まらず……と、不意に。

動かしつづけていた腕や足が、いやに重くなった。プールの水が、急に強い粘りけを持ちはじめたかのように。

妙だな、と思って泳ぎを止めてみた。——ところが。

足がプールの底に届かない、のである。そんな深さはなかったはず、なのに。

私は慌てて手足の動きを再開し、立ち泳ぎで体勢を保とうとした。するとその時、であった。

何かぬぬっとした感触が、右の足首に。

水中に何かがいて、私の足を摑もうとした。——ような気がしたのだ。

8

〈Amphibian〉の責任者であると思われる石倉（四）氏の取り計らいで、私はそのあと、特別にクラブ内を案内してもらえることになったのだった。

入ってすぐのところにまず、いかにも豪華でゆったりとしたラウンジがあり、そこから男女別にスペースが分かれてロッカールームがあり、リラクゼーションルームがあり、マッサージルームがあり、サウナ付きの広い浴場があり……奥へ進むとさまざまな設備が整ったトレーニングジムがあり、そしてなぜか、その隣には〈読書室〉なる部屋があったりもした。この部屋の扉には、クラブの入口脇にあったのと同じような金色のプレートが貼られていて、そこには「Arkshem《アークシェム》」という文字が刻まれていて……。

「どういう意味なのですか、この『Arkshem』というのは」

訊いてみたが、石倉（四）氏はにやにやするばかりで答えをはぐらかした。

「この〈読書室〉は〈蔵書室〉も兼ねておりましてね、なかなか貴重な文献が所蔵されているのですよ」

と、そんな説明はしてくれたのだが。

「そもそもこのホテルはその昔、米国人建築家のH・ウェスト氏が設計した建物でございます。現在に至るまでにはむろん、幾度にもわたって増築や改築が行なわれてきたわけですが。――ここには、そのウェスト氏が寄贈した古い書物も多く残っておりまして」

「ほほう」

私がしかつめらしく頷いてみせると、石倉（四）氏は満足げに頷き返して、

「ご興味がおありでしたら、ご覧になりますか」

「あ、いえ。興味がなくはないのですが、今夜はその……」

「いや、失礼しました。こちらにお越しの第一目的はプール、なのでしたね。伺っております」

「はい。まずは、やはり」

「今後、当クラブに入会なさるかどうかはさておき、では、いかがですか。今から一度、ここのプールで泳いでごらんになっては」

「はあ。それは……よろしいんですか」

「幸い今夜はもう、他のお客様はおられませんので」

「もう十一時をまわっていますが」

「当クラブは午前一時までの開業なのです。ですから、今からでも充分に。プールはこの先の、いちばん奥にございます。――いかがですか」

「はあ。まあ、せっかくそう云っていただけるなら……」

たとえ今後、石倉医師のつてで入会が認められたとしても、「半端じゃない額」だという会費を支払う能力が自分にあるかどうか、大いに心許《こころもと》ない。だから――。

この機会を逃す手はないか。

とっさにそう判断したのである。

こうして今夜、私は期せずして〈Amphibian〉のこのプールで独り泳ぐ機会を得た次第だったのだが……。

9

さすがに驚いて……いや、ここは「恐怖に衝《つ》かれて」と云うべきか、私は「ひっ」と悲鳴を上げてしまった。

何だ、今のは。

何かが、私の足を。

何かがぬぬっと、確かに今、私の右の足首を……ああ、しかし何が？

やみくもに両足をばたばたと動かし、それを蹴《け》り払おうとした。パニックに陥りそうになるのを抑えて泳ぎの形を整えて、どうにかこうにかプールの縁まで泳ぎ着いて……。

恐る恐る振り向いてみる。

黒々と広がった水面。——暗くて水中の様子は見えない。プールの底がどうなっているのかも、もちろん見て取れない。

何かがいるのか？　ここに。

私以外の何かが、この水の中に。

……莫迦《ばか》な。

さっきのは気のせいだ、きっと。

完全な気のせい。あるいはそう、実際に何かが足に触れたのだとしても、それはたとえば、誰かがうっかり水中に落としていったタオルとかスイミングキャップとか、そのようなものにすぎなくて……。

などと自分に云い聞かせながらもやはり、あまりに気味が悪いので、私は逃げるようにしてプールから上がったのである。

停電は続いていた。

天窓から降る星明りを頼りに移動して、プールサイドの椅子に置いてあったバスローブを羽織った。キャップとゴーグル、耳栓を外してローブのポケットに突っ込み、次は非常灯を頼りに、とにかく一度、外へ出て状況を確かめようと決めた。

「気のせいだ気のせいだ」と自分に云い聞かせつづけつつ、その一方で――。

今にもプールから、さっき私の足を摑もうとした水中の何かが這《は》い出してくるのではないか。そうして私を追いかけてくるのではないか。

そんな理屈抜きの恐れにこの時、私は取り憑《つ》かれてしまっていた。

初めて訪れた場所ゆえ、位置関係がまるで把握できていないのに加えて、停電によるこの暗がりである。非常灯の一つの下に扉らしきものが見えたので、一も二もなくそちらへ向かった。仮にそれが、入ってきた時の扉とは別の扉だったとしても、クラブのエリア内のどこかへ出られるはず。そう考えての行動だった。

扉はすんなりと開いた。そして私は外へ駆け出したのである。――ところが。

10

「ええっ」

と、今度はそんな声を発してしまった。

「ここは……」

ここは——この場所もやはり、停電のせいで暗い。のだが、出たとたん、強い違和感を覚えた。石倉（四）氏に案内されて通ってきたクラブ内の通路とは、明らかに様子の異なる空間、だったからである。

停電による暗がり、という状況に変わりはなかった。が、奥のほうに大きな窓があって、そこから仄かな星明りが射し込んでいる。

おっかなびっくりで歩を進めてみて、ますます違和感は強くなった。

どうやらここは、クラブ内の通路やホールといったスペースではない。どうやら……そう、客室のようなのである。
五、六人が楽に坐《すわ》れそうなソファセットがあって、窓の手前にはデスクと椅子があって……そして、そのさらに奥——向かって右側の隅にもう一枚、扉が。
そろそろとその扉の前まで行き、もともと細く開いていたのをさらに開けて、向こうを覗いてみる。

ベッドが二台、並べて置かれていた。どう見ても寝室、である。

わけが分からなかった。

いったいなぜ、プールサイドから外へ出たここに、こんな客室が？

デスクの上に電話機があった。近年すっかり見かけなくなったダイヤル式の機械、だった。私はそのダイヤルの中心部に貼られたラベルに目を寄せて、そこに記されている数字を読み取った。

【449】

この客室の部屋番号だと思われるが……いや待て、これは。

いつか、どこかで見た憶えのある数字の並びではないか、これは。いつどこで、なのかは曖昧《あいまい》化した記憶の底に埋もれていて思い出せないのだけれど……けれど、ああそう云えば、今いるこの部屋自体も。

いつか私は、ここに来たことがある？

そんな既視感が降りかかってきたのだ。

いつか私はこの部屋に……しかし。

いったいいつ？

どんな機会があって？

激しく戸惑ううち、ある古い記憶がやおら浮かび上がってくる。

Q＊＊ホテルの、この客室。この二間続きのスイートルームに、ずっと昔――まだ十歳かそこいらの子供だった頃、私は……ああそうだ、あのころ私を可愛がってくれていた大叔父《おおおじ》に連れられて……。

　思い出せたのはそこまで、だった。

　それ以上の何かが、記憶のどこかでもぞもぞと蠢《うごめ》いている。――ような気がしたけれど、いくら躍起になって思い出そうとしてもおそらく無駄なのだろう。――と考えつつも、ひょっとしたらその何かに誘導されて、なのかもしれない、私は窓を開け、外に設けられたヴェランダへ出てみたのである。

　吐く息が、見る見る白くなった。寒さにたじろぎながらも私は、裸足のまま外へ足を踏み出した。

　この場所から仰ぐ夜空にもやはり雲は見当たらず、星だけではなくて月も出ていた。わずかに赤みがかった妖《あや》しげな光を発する、おぼろな満月が。

　どうにも胡乱《うろん》な心地で、私はフェンスの手すりに胸を寄せる。

　星明りと月明りに照らされて、長々と連なる土塀が見えた。塀の向こうに広がっているのは、あれは墓地だろうか。右手斜め前方へ目を転ずると、遠くに巨大な赤い影が。あれはそう、永安神宮の大鳥居だ。

ひょぅ

という異様な〝声〟が、とつぜん夜気を震わせた。

ひょおぅ

何だろう。

何か正体の知れない動物の鳴き声が……ああそうか、このホテルの近くには池崎公園があって、そこにはささやかな規模ながら、開業百年以上の歴史を持つ市立動物園がある。あの動物園から聞こえてくる何ものかの声なのだ、きっとこれは。

ひょぅ、ひょおおおおおおぅ……

外気の寒さに耐えられなくなってきて、まもなく私は室内に戻った。戻ると同時にわれ知らず、長い溜息《ためいき》をついていた。

少なくとも確かなのは、私は子供の頃、大叔父に連れられてこの部屋に泊まった経験があるということ……だが、やはりそれだけではない。

子供の頃ではなくて、もっと近年になってから、たぶん私はこれと似たような体験を……うう、しかしどうしてもうまく思い出せない。茫漠《ぼうばく》とした記憶の海のどこかでそれは気まぐれな浮沈を続けていて、見つけたような気がして引き寄せようとしてみても、すぐにゆらりと逃げてしまう。

ひた、と音がしたのはこの時である。

ひた……ひたた
ぺたっ……ひたたた
何やら水が滴るような。いや、水を滴らせながら何ものかが歩くような、これは……。
ふたたび恐怖に衝かれた。
さっきプールの中で私の足を掴もうとした、あれではないか。あれがあのプールから這い出して、私を追ってここへ……。
ぴたっ
ひた……ひたたた
ゆっくりとこちらへ近づいてくる。かすかにふと、嫌な臭《にお》いを感じた。何だか古い魚のような、生臭い……。
「来るな」
と、私は思わず声を放った。
「来るんじゃない」
けれども音は止まらない。嫌な臭いが徐々に強くなってもくる。
「来るなっ！」
もうひと声、叫んで私は隣の寝室へと逃げ込んだ。

寝室の奥にはさらに一枚、扉があった。きっと出口だ。このホテルの、普通の廊下への。そう信じて私は、暗がりの中を駆けた。ほとんど体当たりの勢いで扉を開け、外へ飛び出した。——のだが。

飛び出した先は期待した場所ではなく、もとのプールサイドだったのである。

11

呆然《ぼうぜん》としばし、立ち尽くす私であった。

いったい何がどうなっている？

このホテルのこのエリアは、現実として、このような構造になっているのか。それとも、現実は違うのか。

たとえばそう、このプールサイドとさっきの客室との間に今、物理法則を超えた空間の捩《ね》じれのようなものが生まれていて……ああいや、そんなSFじみた怪現象よりも、まず検討しなければならないのは私自身の問題だろう。私自身の知覚や認識がそもそも、どこかの時点から変調を来《きた》してしまって、そのせいでこんな面妖《めんよう》な……。

……などということをのんびり考えている余裕はしかし、もはやなかったのだ。

背後を窺うと、飛び出してきた扉の向こうの暗闇から、さっきの音が聞こえてくる。だんだん近づいてくる。さっきの嫌な臭いも漂ってくる。――あれが来る。私を追いかけてくる。

扉の前から跳びのき、別の出入口を求めてプールサイドを見渡してみて――。

私はまたしても、「ひっ」と悲鳴を上げざるをえなかった。

停電が続くプールサイドのそこかしこに何かがいる、のである。

暗がりに溶け込んで輪郭のはっきりしない、何やら真っ黒な影の群れが。少なくとも人間の子供よりは上背のある、けれども果たして人間かどうかも分からないようなものたちが、いつのまにかあんなにたくさん……。

それぞれにひたひたと不気味な音を立てながら、こちらへ向かってくる。ゆっくりと、しかし着実に私との距離を縮めてくる。古い魚のような生臭さに加えて、何だか肉が焼けるような焦げ臭さも流れてくる。思わず吐き気を催すような、ひどい腐敗臭も混じっている。それらがどんどん強くなってくる。

影たちの正体は分からない。ただ、何か尋常ではないものたちであるのは確かである。――ような気がした。

このままここに立ち尽くしていて、奴らに取り囲まれてしまったら。

想像すると、強烈な生理的嫌悪と原始的恐怖を覚えた。だから――。

私はバスローブを脱ぎ捨て、プールに飛び込んだのだ。こうするしかない、他に逃げ場がない、と思ったから。もっとも、これが正しい判断・対処だったのかどうか、大いに疑問である。

奴らもまた、私を追って飛び込んでくるかもしれないのだから。それにそう、最初に感じた異変は、そもそもこのプールの中でのことだったというのに……。

飛び込むと私は、思いきり空気を肺に吸い込んで息を止め、水中に潜った。

プールは信じられないほどに深かった。潜水で底を伝ってプールを横断し、向こう側に出て逃げようというつもりだったのに……なのに、いくら潜ってもプールの底まで辿《たど》り着けない。目を開けてみても、暗くて何も見えない。

そうこうするうち、当然ながら酸素が欠乏してくる。苦しくてもう、潜っていられなくなる。すぐにでも浮上して空気を吸わなければ、と焦る。ところが、もうだめだ限界だこのままでは溺《おぼ》れ死ぬ——と思った次の瞬間、だった。

私は気づいたのである。自分が、ヒトの大きさを持った真っ黒な怪魚に姿を変えていることに。

気づいたとたん、苦しみから解放されていた。肺ではなく、鰓《えら》で呼吸を始めていたのだ。重かった手足の動きは軽やかな鰭《ひれ》の躍動に変わり、怪魚は（私は）全身をしなやかにくねらせて泳いでいた。

そうして怪魚は（私は）、暗い水中をさらに深くへと潜りつづける。

プールサイドにいたものたちが追ってくる気配はない。いつしか心中の恐怖は霧散し、こうして潜りつづけることだけが怪魚の（私の）目的となりつつあった。——そんな中。

自分がかつて何者であったのかもよく分からなくなってきた意識に、ふと胡乱な思考が宿る。

……ここは。

……これは。

……このプールは。

このプールは……いや、これはそう、もはや〈Amphibian〉のあのプールではなくて。ここはそう、華兆山《かちょうざん》の山麓《さんろく》に太古から存在する、深い深い沼の中なのだ。いつだったか（……いつだっただろう？）、深泥丘病院の建つあの丘が水に沈んで現われたあの沼と同じく、ここにあるこの沼もまた、どこまで深く潜っても決してその底に辿り着くことのかなわない……。

…………

…………

…………

きいっ！

甲高い声が突然、夜を切り裂いた。漆黒の翼を広げた巨鳥の〝眼〟に、そして私の意識の半分が、瞬時にして飛び移っていた。

きいいっ！

巨鳥の（私の）眼下には今、〈Amphibian〉のプールの天窓がある。錐揉《きりも》み状に回転しながら巨鳥は（私は）、猛烈な速度で天窓めがけて急降下する。翼と同じ漆黒の、長く鋭い嘴《くちばし》が、一撃で窓のガラスを突き破る。そのまま巨鳥は（私は）、いささかの躊躇《ちゅうちょ》もなく直下のプールへ突入し……。

…………

…………

…………

……やがて。

暗く深い水の中から飛び出してきた巨鳥は（私は）、泳ぎ疲れて息も絶え絶えの怪魚を（私を）、しっかりとその嘴に銜《くわ》えていたのである。

濡れた翼を力強くはばたかせ、巨鳥は怪魚を銜えたまま飛び立つ。妖しく夜を照らすおぼろな満月の輝きに向かって、高く。

12

「〈Amphibian〉へのお誘い」と題された案内状が私の許に送られてきたのは、その一週間後のことである。

案内状には、永久会員権および年会費の振り込み用紙が同封されていたのだが、なるほど、半端な小説家風情にしてみれば、それはなかなか厳しい額面であった。

入会するか、否か。――答えはしばし、保留にしておこう。

猫密室

こんな夢を見た。——ような気が、またする。

1

黒鷺《くろさぎ》署の刑事課を辞めて私立探偵事務所を開業した私の許《もと》に、奇妙な殺人事件の報が飛び込んできた。知らせてくれたのは古馴染《ふるなじ》みの警察医、石倉《いしくら》医師である。

「現場は紅叡山《こうえいざん》の麓《ふもと》の、閑静な住宅街の外れにある一軒家。中年夫婦の二人暮らしで、夫は地元の中堅企業に勤めるサラリーマン、妻は専業主婦で子供はいない、という家庭です」

事件発生の翌日、医師からいきなり電話がかかってきたのだった。

「被害者はこの家の妻。発見者は夫です。昨夜の午前零時前、夫が会社の新年会に出て帰ってきてみると、家の中で妻が何者かに殺されていたのですが」

「尋常じゃない殺され方、だったのですか」

わざわざ私に連絡してきたくらいだから、これはありきたりな事件じゃないのだろう。そう思って問うてみた。

「ホラー映画の名場面に見立てられたような死体だったとか、何か巨大なものに踏み潰《つぶ》されたような死体だったとか？」

「いえいえ、そういうわけではなくて」

予想に反して、医師はこう答えた。

「死体はごく平凡な撲殺死体で、凶器はごく平凡な鈍器で。〝見立て殺人〟的な装飾もなければダイイング・メッセージのたぐいも残されておらず……と、殺人自体にさほど特異なところはなかったのです」

「――はあ」

「問題は、それを取り巻く状況でして」

「――と云いますと？」

「ある種の不可能状況、だったのです。つまりその」

「――密室、ですか」

「ええ。まあ、そのような」

「現場のドアや窓が内側から施錠された状態だったと、そういう？」

「あ、いえ。ドアや窓に鍵《かぎ》が、という密室とはまた異なるのです。つまりですね、その……」

　少し口ごもったのち、医師は云った。

「〝雪の密室〟というのがあるでしょう」

「ああ、はい」

　殺人現場の周囲に雪が降り積もっていたにもかかわらず、雪面に犯人の足跡がいっさい見当たらない。あるいは、足跡はあっても数が足りない。――と、このような状況を指して〝雪の密室〟と呼ぶ。縮めて〝雪密室〟と呼んだりもする。

　昨夜の事件を取り巻く状況は、それだったのか。――と思いかけてすぐ、私は「いや」と呟《つぶや》いた。

　一月の非常に寒い時期ではあるが、ここしばらくこの町で雪は降っていない。昨夜もそうだった。私の知る限り、市内で降雪や積雪はなかったはずである。なのに……？

　私が疑問を口にする前に、石倉医師が云った。

「〝雪の密室〟というのは喩《たと》えでして。実際の状況は、それとはまた異なるものだったのです。つまり、その」

　にゃあ……という声がどこかから聞こえてきた。――ような気が、この時した。

「事件が起こった家のまわりを覆い尽くしていたのは雪ではなかった、ということです」

「雪ではない。——では、何が」

問うと、医師は大真面目な調子でこう答えたのである。

「猫、だったのです」

「はぁ？」

「おびただしい数の猫が昨夜、犯行があったと推定される時刻から死体が発見されるまでの間、その家のまわりにはいたというのです。おびただしい数の、それこそ地面をすべて覆い尽くしてしまうほどの猫たちが」

「な、何と」

「そしてどうにも奇妙なことに、その猫たちにはまったく人に踏まれた形跡がなかったのですよ。ですからね、昨夜のあれは、〝雪密室〟ならぬ〝猫密室〟だったという……」

猫密室。——真冬の夜、一戸建ての家の周囲をびっしりと埋め尽くした何百匹、何千匹の猫、猫、猫、猫！

なぜかしらその情景が、異様にリアルな質感を伴って私の脳裡《のうり》に広がった。押し合い圧《へ》し合いの状態でにゃあにゃあと鳴く猫たちの声が、幾重にもなって耳の中で渦巻いた。

2

――という話をつい、してしまったのだった。

相手は古馴染みの文芸編集者、秋守氏《あきもり》である。一昨年の秋口には、東京での長期カンヅメでたいそう世話になった。何ヵ月か前に異動があって、現在は月刊小説誌『文芸Q』の編集長を務めている。

その秋守氏が今日、「新年のご挨拶《あいさつ》がてら、久しぶりにのんびりお食事でも」と云って東京から来てくれたのだったが、彼とは長い付き合いの私である、「のんびりお食事でも」という言葉を決して額面どおりに受け取ってはいけないことは承知していた。「せっかく僕が編集長になったんですから、『文芸Q』に何か原稿を書いてください。ついては、みっちりとそのご相談を」というメタメッセージをこの場合、読み取らねばならない。だから――。

遅筆で寡作ではあるが根は真面目な私なので、ここ数日、多少なりとも考えてはいたわけである。予想される原稿依頼に応《こた》えるすべを。「何か原稿を」の「何か」の部分を。――ところが。

会食後に流れたQ＊＊ホテルのメインバー〈CRAVEN《クレイヴン》〉のテーブル席で差し向かいになると、秋守氏は注文したハイボールをくいくいと飲んだ。それから愛用の円眼鏡の、薄く青みがかったレンズ越しにこちらを見据えて案の定、さも当然のように
「――というわけで」と云いだしたのだった。

「三月発売の四月号に短編を一本、ぜひお願いしますね。ここはやはり、王道的な本格ものを」

「三月発売と云うと、締切は来月？」

「はい」

「何だか急な話ですねえ」

「はい。おっしゃるとおりです」

「なおかつ、『王道的な本格ものを』と？」

「そうです」

秋守氏は深々と頷《うなず》いて、

「例の特別書き下ろしは別として、ここしばらく、あまり推理小説《ミステリ》らしい推理小説を書いておられないでしょう。この辺でちょっとその、初心に戻って、ということも必要なんじゃないかと」

何らかの原稿依頼があるだろうとは覚悟していたのだが、その依頼内容については多分に意表を衝《つ》かれてしまって、私は「ううむ」と唸《うな》った。

デビュー以来、長らく「本格」なる冠《かんむり》が付いたミステリの創作をメインワークとしてきた私である。だが、確かに近年、特に短編ではほとんど本格ミステリを書いていない。書くのはおおむね、必ずしも「謎とその論理的解決」を成立条件とはしない怪奇幻想系の小説ばかりで……。

「誤解しないでくださいね。別に最近の作品が良くないと云ってるんじゃないんです。いま書きたいものを書く、というのが作家の正しいあり方だとも思います。しかしですね、それでもやはり」

「初心に戻って本格ものを書け、と」

「ええ。毎作、とは云いませんので」

「――ううむ」

「四月号で本格ミステリ特集を組む予定なんですよ。そこに、とりあえず一本。書いてくれますよね」

熱心にそう云われて正直、困ってしまったわけである。原稿依頼を予想して、「何か」の部分を多少なりとも考えてはいたのだが、「本格ものを」という縛りがかかるのは想定外だったので。

「困ったなあ」

と、私は正直に答えた。

「短編の本格ミステリ……うーん、難しいなあ。本格でもミステリでもない怪奇小説のたぐいなら、来月締切でも何とかなると思うんだけど」

「いや。ここはやはりそっち系じゃなくて、本格ミステリを一つ」

「——と云われてもなあ」

「アイディアのストックはけっこうあるんだぞって、いつだったか威張ってたじゃないですか」

「威張ってはいません」

「威張ってはいないかもしれませんが、云ってたでしょう、そんなふうに」

「あのとき云ったのは長編用のアイディアのことで。短編はまた話が違うんだよね。もともと短編でミステリを書くの、得意じゃないし」

「もうキャリアも長いんですから、そこを何とか」

「——と云われても」

「あまり構えすぎずに、シンプルなパズラーを書いてくだされればいいんです。ワンアイディア、ワントリックで六十枚から七十枚くらい。だったら、ね？　何か書けますよね」

「──ううむ」

なおも困って首を捻《ひね》る私だったが、眼鏡のレンズ越しにこちらを見る秋守氏の目に緩みはなかった。のらくらと逃げられる雰囲気ではない。困り果てたあげく、つい──。

「アイディアと呼べるほどのものでもないんだけれど、実は昨夜……」

苦しまぎれに私は、夢で見た「猫密室」の話をしてみたのだった。

3

「──で？」

と、秋守氏は先を促した。私は軽く咳払《せきばら》いをして、

「夢はここまでで終わり、です」

「えっ。続きはないんですか」

「ない」

「──ううむ」

と、今度は秋守氏が唸った。

当惑顔でハイボールのお代わりを頼み、こちらに向き直る。アルコールがまわって
だいぶ頬が赤らんでいるが、眼鏡の向こうの目には依然、緩みがない。

「『猫密室』という言葉はなかなか面白いと思いますが……でも、いったい何なんですかぁ、『猫たちにはまったく人に踏まれた形跡がなかった』っていうのは。意味が分かりませんね」

「ごもっとも」

と、私は素直に頷いた。秋守氏は問いを重ねた。

「そもそもどうして、そんなにたくさんの猫がその家のまわりに集まっていたんでしょうか」

「――さあ」

「付近の野良猫の集会、みたいな？」

「――さあ」

「何百匹もの猫が集まってにゃあにゃあ鳴いてたら、けっこうな騒ぎですよね。近所の人が不審に思って見にきたのでは？」

「――さあ」

質問のいちいちに、みずから首を捻るしかない私であった。――が。

「だけどほら、なかなかシュールな情景でしょう？」

「シュール……なのかもしれませんが。ですが、これで本格ミステリを、というのはいささか無理がありすぎるかと」

「まあね、確かに」

しごく真っ当な意見だった。あっさり「ボツ」と云われても致し方なし、である。ところが秋守氏は、そこでこの話を打ち切ろうとはせず、緩みのない声で「そうですねえ」と続けたのだ。

「じゃあ、たとえばそう、せっかくだから『猫密室』という言葉は生かすことにしましょうよ。タイトルにしてもいいですね。それで何か別の、もっと真っ当なミステリになりそうな現場状況を考えてみるというのは？　いかがですか」

「別の『猫密室』を？」

「そんな夢をゆうべ見たというのも、きっと何かの巡り合わせ……と受け止めて、ね？　いかがですか」

「ううむ」

秋守氏の粘りに押されて、私はのろのろと思案しはじめた。昔からアルコールには弱くて、こういう場でもめったに酒類は頼まないのだが、この時は苦しまぎれにワインを一杯二杯、飲んだりもしつつ――。

それが幸いしたのかどうかは分からない。「猫密室」というタイトルにふさわしい別の情景がやがて、のろりと頭に浮かんできたのだった。

「ええと……こんなのはどうかな」

云って、私はしかつめらしく腕組みをした。そうしてとにかく、その思いつきを披露してみたのである。

「猫たちがいる場所を、家の周囲ではなくて密室の内部に変更するわけ。鍵の掛かったドアを破って踏み込んでみると、室内には被害者の死体とともに何匹もの猫がいて……と、こういう状況も『猫密室』と呼べるでしょう。シュールなイメージはなくなってしまうけれど」

「『何匹もの』というのは、何匹くらいの猫が？」

「五、六匹……いや、十匹ほどいてもいいかな」

「その家の飼い猫ですか」

「家で猫は飼っていなかった、とするほうが面白いね。いるはずのない猫が十匹も、なぜか死体とともに密室に閉じ込められていて……」

「猫も死んでいた？」

「猫は……死なせたくないなあ。みんな元気で、死体のまわりをうろうろしていたんじゃないかな」

「実はその猫たちが殺した、という話ではないんですね」

「それは違うと思う。動物が犯人だったり凶器だったり、というのも今さらな感じだし。犯人はあくまでも人間で、何らかのトリックを用いて現場を密室にした――という真相にしないと、『王道的な本格もの』にはならない気がするし」

「なるほど」

頷いて秋守氏も、私を真似るようにしかつめらしく腕を組みながら、

「密室のトリックには当然、猫たちが何か関係しているわけですよね」

「あ、うん。まあ、そうだよねえ」

私は腕組みを解き、煙草をくわえた。

「そこが問題だよねえ。家にいるはずのない猫たちがどうして、密室と化した殺人現場にいたのか。きっと犯人が持ち込んだんだろうけれど……んんん、ちょっと待って」

こんなふうにして、編集者との直接の会話の中で作品のプロットを膨らませていく、という作家は少なくない。私はあまりしないほうだが、ときどきはある。

ここは腹を括《くく》って、この線で考えを進めてみようか。――と、そういう気分になりはじめていた。まんまと秋守氏に乗せられてしまった恰好《かっこう》であった。

「うん。この際だから、もう少し……」

云いながら私は、鞄《かばん》からノートとペンを取り出す。空白のページの上方に「猫密室」と大きく書き込んで――。

「さて」と呟いた。

この際だから、もう少し……そう、この場で具体的に考えてみよう。いま思いついたこの「猫密室」状況から、さて、どんな短編ミステリを書くことができるか。——遅筆で寡作で、このところさまざまな局面でいよいよ記憶が朦朧《もうろう》としがちだったりもする私だけれど、根はやはり真面目なミステリ作家なのである。

〈CRAVEN〉の店内ではピアノの生演奏が始まっている。客の姿はまばらで、幸い思考の邪魔になるほど騒々しくはなかった。

4

猫密室

○舞台

とある家。やはりそれなりに大きな屋敷が望ましいか。

○登場人物
家の主人A＝被害者。

家人、および事件当日この家に集まった人々（Aの友人など）。総勢六、七名が適当か。……要検討。

犯人Xはこの中にいるものとする。単独犯が望ましい。

○事件現場
Aの書斎など、ドアに鍵の掛かる部屋。

一階、もしくは二階？

窓からの出入りも可能な場所のほうが良いか。とすれば、二階であっても、梯子《はしご》などを使えば出入り可とする。

○殺害方法
撲殺（仮）。凶器は何らかの鈍器。

現場で発見されて良し？……要検討。

○密室の構成

*ドアは施錠状態で、外からは開閉不可。

差し込み錠などの内鍵？

あるいは、合鍵の存在しえない錠？　合鍵が存在したとしても、犯行時には使用不能の状況？　……要検討。

*窓も施錠状態で、外からは開閉不可。

*死体発見時、室内に人の姿はなし。室内のどこかに身を隠していた、というパターンはなし、とする。

*「秘密の抜け道」のたぐいは存在しないことにする。

○猫
密室内に十四ほど。生きている。

Xが持ち込んだものだろう。

何のために？


――と、ここまで基本的な設定や検討事項などを列記してみて、ひとしきり思案する。

クリアしなければいけない問題は、当然ながらまず、「いかにして犯人は密室を作ったか？」である。――のだが、この作品の場合はやはり、「猫密室」という特殊状況を最優先課題として捉《とら》えるべきだろう。

なぜ犯人は、犯行現場に複数の猫を持ち込んだのか？――そう。これが事件の要《かなめ》となるようにしなければならない。

現場を密室にする方法については、たとえばドアや窓を、何らかの物理的なトリック（よく云われる〝針と糸のトリック〟のような）を用いて外から施錠する――といった手は、よほどそのトリック自体が目新しいものでない限り使わないほうが良い。使うとしても、メインには置かないほうが良い。それが現代ミステリの定石だと思うし、私の作風にも合わない。なので、この方向性は最初から排除するとして……。

……では、さて。

どうする？

ここからどうやって、秋守氏の云う「王道的な本格もの」を組み立てればいい？

5

スローなジャズのピアノ演奏が流れる中、私たちの間にはずいぶん長い沈黙が続いて……。

「……ははあ。そうか」

三本めの煙草を灰皿で揉《も》み消した時の私の呟きに、素速く秋守氏が反応した。

「思いつきましたか、何か」

「あ、うん。ちょっとね」

これで何とかなるんじゃないか、という構図が、のろりと見えてきた。――ような気がしたのだった。

「おお、さすが」

秋守氏はぐいと身を乗り出して、

「聞かせてくれますよね、もちろん」

「特に斬新《ざんしん》なアイディアでもないんだけど……でもまあ、オーソドックスな短編ならこういうのもありかなと」

「もったいぶらずに、どうぞ」

「ええと……それじゃあ」

私は手許のノートに視線を落としながら、新しい煙草をくわえた。主治医からいくら「ほどほどに」と忠告されつづけていても、このような場では相変わらず喫煙量が増えてしまうニコチン中毒者の悲しさ、である。

「まず、犯人Xは犯行後、猫たちを現場に放す前にあらかじめ、死体の上やその周囲にマタタビの粉をたくさんまいておいたんだろう。これによって、猫たちは室内のあちこちをうろうろするのではなく、死体のまわりに集まることになる」

「ふんふん」

「このマタタビの効果が完全に切れないうちに、死体が発見される。Xがそのように仕向けるんだろうね。——書斎にいるはずの主人Aの様子がおかしい。ドアには鍵が掛かっていて、いくら呼びかけても返事がない。不審に思った人々が、ドアを破るか合鍵を使うかして部屋に踏み込んでみると、室内にはAの死体があって曲者《くせもの》の姿はない。そしてなぜか、何匹もの猫が死体のそばにいてにゃあにゃあ鳴いている。——というう奇抜な状況に直面して、このとき人々はみんな、とっさに同じような反応を示すんだよね」

「と云いますと?」

「全員の視線がいっせいに、死体と死体のまわりの猫たちに集中してしまう、という。一人の例外もなく……いや、Xだけは別か」

「——はあ」

秋守氏は心許なげにちょっと首を傾げる。私はグラスに残っていたワインを飲み干

して、

「なぜなら、この時この家にいた人々はみんな、大の猫好きだったからで……」

「猫好き？」

「殺されたAがどうだったのかは分からないし、それは当面どうでもいいことなんだけど、少なくとも現場に踏み込んだ人々は全員が猫好きだった。だからね、Aが死んでいるという異常事態におののきながらも、同時に彼らは一様に、そこにいる猫たちについ、気を取られてしまう。否応《いやおう》なくそちらに注意の目が引き寄せられてしまう。――ね、そういうものでしょう？」

「ええ……まあ」

いよいよ心許なげな秋守氏の反応であったが、私は構わず続けた。

「この発見者たちの中の一人が犯人Xなんだけれども、そうやってみんなが猫たちのほうに気を奪われている何秒かの隙を狙って、Xは計画していた行動に出る。たとえば……ごく単純な話にしてしまうなら、みんなに気づかれないよう窓のそばまで行って、実はその時点では掛かっていなかった鍵をこっそり掛ける、とか」

「犯行後の脱出経路だったってことですか、その窓が」

「あくまで『ごく単純な話にしてしまうなら』だけどね。――ともあれ、かくして〝猫密室〟は完成する、というわけ」

死体発見時にはまだ密室ではなかった現場を、死体発見直後のどさくさに紛れた工作によって、初めから密室であったかのように見せかける。これもまあ、ミステリでは使い古されたパターンではあるけれど、「死体発見直後のどさくさ」を「現場に放しておいた猫たちへの注目」に特化しての工作、というヴァリエーションは前例がない。——ような気がするのだが。

「ははあ、なるほど」

いったん頷いたものの、秋守氏は何杯めかのハイボールのグラスを片手にまた小首を傾げながら、「でも——」と訴えた。

「みんなが猫に気を取られている隙に……って、そんなにうまくいくものかなあ」

「『大の猫好き』ばかりなんだから、うまくいくんです」

「——にしても」

と、さらに秋守氏は突っ込んでくる。

「そういう〝死体発見時の早業〟系のトリックなら、別に猫を使わなくても、他にやり方があるんじゃないですか」

「ここでそれを云いだしたら、元も子もないでしょう」

私はやんわりと反論した。

「密室殺人の現場になぜか猫が何匹もいた、という状況の奇抜さを起点にして、今はプロットを考えているんだから。もちろん『どうしても猫を使う必要があった』とか『どうしても猫を使いたかった』とか、そんなXの側の事情を用意するに越したことはないから、その辺は何か考えて付け加えるとして」

「はあ。まあ、そうですね」

「この段階でちゃんと決めておかなきゃならないのは、それよりもまず――」

新しい煙草に火を点《つ》け、私は云った。

「探偵役がどうやって事件の真相を看破し、犯人を指摘するか、という部分でしょう。本格ものの場合、ここに気の利いた手がかりやロジックが必要不可欠だから」

6

「何かもう、考えがあるんですね」

秋守氏に云われて、私はのろりと頷いた。

飲みつけないアルコールのせいで、先ほどから身体が妙に熱くなっていた。顔や頭も熱くて、少しくらくらする。と云っても気分が悪いほどではないから、ここはもう「酔った勢い」でぜんぶ話してしまえばいいか。――うむ。それもまた良し、だろう。

「中心となるロジックについては……うん、実はさっき、まとめて思いついたんだよね」

「もったいぶらずに、どうぞ」

促されて、私はそれを語ったのである。

「事件当日、その家に集まった人々の中には一人、大の猫嫌いがいたんだな。その人物をBとしよう。以前からBは、自分は猫が大嫌いであると公言してはばからなかった。そしてこれは、この日この家にいた人々全員が、以前から知るところだった。——と、物語序盤にそんな紛れを仕込んでおくわけなんだけれども」

「今度は猫嫌い、ですか。——はて？」

秋守氏はきょとんと目を見張った。私は続けて、

「現場に踏み込んだ時、人々の中にそういう猫嫌いのBがいたら、このBの注意は普通、猫たちのほうには向かわない。逆にBは、大嫌いな猫たちからは目をそらすだろう。そうなると、Xの計画は失敗に終わってしまいかねないよね」

「確かに。〝後付けの密室〟を作るための、秘密の行動に気づかれてしまうリスクが高そうです」

「ところが実際には、ことはXの計画どおりに運び、難なく〝猫密室〟は完成したんだよね。——ということは？」

質問を振ると、秋守氏は「ううむ」と大袈裟《おおげさ》に唸り、それからまたしても心許なげに小首を傾げながら、

「Bも他の連中同様、Xの行動には気づかなかった。ええと……だから、Bもやはり猫に気を取られていたって話でしょうか」

「――ということは？」

「ということは……ええと、かねて猫嫌いを公言していたBだけど、本当のところは猫好きだったのである、とか？」

「うん、そう」

私は両手を打ち合わせて、秋守氏の慧眼《けいがん》を讃《たた》えた。

「本当は猫好きなのに、何か事情があってみずから猫嫌いだと偽っている。Bが実はそういう人物だったとするなら、ここで犯人を限定するための大きな条件が生まれることになるでしょう。つまり――。

Bが本当は猫好きだという事実を知っていた某こそがXである、というふうに。あらかじめその事実を知っていたからこそ、Xはこのトリックが成功するという見通しを立てられたわけだね。

そこでさて、〝猫嫌いを偽っていたBの猫好き〟を知っていた――知りえた者は誰か？　という問題を、作中の各人の描写や言動などから推察できるようにしておくと

……」

「なるほどね。フーダニットの〝背骨〟になりますねえ」

と、ここに至ってようやく、秋守氏の顔に納得の表情が浮かんだ。——ような気がする。

7

このあとさらにしばらく秋守氏と差し向かいの時間を過ごし、私たちがQ＊＊ホテルの〈CRAVEN〉を出たのは結局、そろそろ午前零時になろうかという頃である。「家までお送りしましょう」という言葉に甘えて二人でタクシーに乗り込み、帰路に就いた。

車中、秋守氏は寡黙——と云うより、すっかり酔って半ば眠っていたようだが、隣の座席で私は独り、先ほどまで話し合っていた「猫密室」について、のろのろとまだ思案を続けていた。根が真面目なのである。

本格ミステリとしての大筋＝〝背骨〟に当たる部分は、何とか決まった。長年の経験からして、おそらくこれで書けるだろう。——だが、しかし。

考えなければならないことはまだ、山ほどある。具体的に挙げていくとすれば、たとえば——。

舞台や登場人物、人物関係などのディテール。犯行の動機もやはり示さねばならない。事件当日のタイムテーブル。犯人はどうやって猫たちを調達し、どうやって人知れず運んできたのか。……

大きな問題としては、「なぜ犯人は、犯行現場を密室にしなければならなかったのか？」がある。密室ミステリを書くに当たっては避けて通れないポイントだが、この作品ではとにかく〝猫密室〟という特殊状況のインパクトが中心になるから、この点については何か、云いわけ（と云うと聞こえが悪いが）程度の理由を添えておけば良いか。

——と、このあたりを一つ一つ決め込みつつ、執筆作業に入る。全体の枚数を意識しながら語りの密度や手順を考え、なおかつ締切にまにあうように……。

ワインの酔いが残る頭をゆるゆると振り、私は低い溜息《ためいき》をついた。

六十枚から七十枚くらいの短編とは云え、執筆開始から脱稿まで、まだ相当に長い道のりである。これだから、概して本格ミステリを書くのは面倒臭い。よくも長年、こんな仕事を続けてきたものだなあ、と思う。

……にしても。

今夜は秋守氏に乗せられて、結果としてこんなプロットを案出してしまったわけだが、締切までにこれを書き上げたとして、果たしてどのくらい面白い作品になるのだろう。——実際に書いてみないと分からない部分も多々あるものだけれど、冷静に考えると正直、大いに不安を感じてしまうのだった。

これで良いのか。

こんなプロットで良いのか。

この程度の作品を、「王道的な本格もの」として世に出しても良いのか。お前はそれで納得できるのか。

そんな自問の声が、今さらながら徐々に強くなってきたりもして……だが、その一方で。

もともと得意じゃない短編なんだから、まあこんなものか。佳作や秀作、傑作ばかりを発表しつづけるなんて、キャリアが長くなればどだい無理な話なんだし。読者にしてみれば、好きな作家の〝駄作〟を読むのも楽しみのうち、という話をどこかで聞いたこともあるし……。

などと自分に云い聞かせる声も。——いやしかし、ひと晩眠って、明日になって酔いが覚めれば、こんなものはやっぱり書けない、書くべきじゃない、という気持ちになるのかも……。

……思考と感情がもつれあってぐるぐるしている間に、タクシーが目的地に近づいてきた。

私は運転手に頼んで、家までまだ百メートルばかりあるあたりで車を停めてもらった。酔い覚ましに少し歩こうか、と思ったのである。

「あ。じゃあ、僕も一緒に降ります」

と、目を覚ました秋守氏が云った。

「お邪魔でなければ、ちょっと奥様にもご挨拶を——」

8

月は出ていないけれど、満天の星々が美しい冬の夜だった。

紅叡山の麓の、閑静な住宅街。付近にまだ田畑が多く残る夜道を、真っ白な息を吐きながら秋守氏と二人して歩いた。歩くうち、少なくとも私のほうは、寒さで酔いが一気に吹き飛んでしまった。——ような気がする。

街灯もまばらな暗い道の突き当たり手前にやがて、わが家が見えてきた。

「あそこですね」

秋守氏が指さすのに応えて、

「窓に明りが見えないけど……たぶんまだ、彼女も起きていると思うので」

「もうお休みのようなら、失礼しますから」

「いや。大丈夫でしょう」

そうこうして家の前まで帰り着き、門の扉を開けようとした私だった。するとその時、である。

ぐらあっ
と、激しい眩暈《めまい》が。

ぐらあああっ
ここしばらく見舞われることのなかった例の眩暈が、いきなり降りかかってきたのだ。

私はたまらず額に手を当て、その場に片膝《かたひざ》を落とした。

「やっ。大丈夫ですか」

秋守氏の慌てた声に、

「大丈夫、です」

そう答えて、深呼吸をした。

「たまにあることなので」

身を立て直しながら、心配そうにこちらを窺《うかが》う相手の顔を見た。けれどもどうしたわけか、このとき私の目に映ったのは、青みがかったレンズの円眼鏡をかけた秋守氏の顔ではなくて……。

「大丈夫ですか」

彼はふたたびそう確かめて、左目を隠しているウグイス色の眼帯を撫《な》でた。私はひどく狼狽《ろうばい》しながらも、

「――はい。たぶん、もう」

「では、行きましょう」

云われるままに、門扉に両手を伸ばした。

ところが、その一瞬後――。

私は文字どおり、呆然《ぼうぜん》と立ち尽くすしかなかったのである。

門から斜め左方向へ延びる、玄関までのアプローチ。そのまわりの、ささやかな前庭。玄関とは逆方向の一角に設けられたガレージ。それら敷地内の、建物を取り巻く各所を今、隙間なく埋め尽くしているものたちが……。

……猫、だった。

蒼白《あおじろ》い星明りの下、おびただしい数の猫たちが家のまわりに集まっているのだ。押し合い圧し合いの状態で、にゃあにゃあと鳴いているのだ。この場所からは見えない

けれど、家の裏手もきっと同じ状況であるに違いない。そして——。

何百匹とも何千匹とも知れないその猫たちには、まったく人に踏まれた形跡がないのであった。

ねこしずめ

1

「ゆうべわたし、変な夢を見たの」

と、妻が云いだした。

この年の「五山《ござん》の送り火」もつつがなく終わった、その翌日。土曜日の午後のことである。週明けに待ち受ける締切を睨《にら》みながら朝方まで原稿を書いて寝て、正午をだいぶ過ぎてから起きてきた私の、おそらくまだ寝ぼけまなこの顔を見て――。

「あれはたぶん、コロのほうだったと思うんだけど」

そう云って妻は、軽く首を傾げるようにしながら、自分の足許《あしもと》にうずくまっている二匹の猫に目をやる。二匹はどちらも雄の茶トラで、かれこれもう十数年間、私たちと一緒に暮らしている。

彼らのうちの片方の名前が「ころ助《すけ》」――略称コロ、なのだった。もう一匹の名前は「ぽち丸《まる》」――略称ポチ、である。

そもそもは妻が拾ってきた猫たちで、二匹は同い年の兄弟と思われる。そっくりな毛並みで、どちらもきれいな緑色の眼をしているのだけれど、体格を比べるとポチのほうが骨太で丸々していて、顔立ちは何となく狸っぽい。コロはスリムで尻尾《しっぽ》がにょろりと長くて、こちらは何となく鼬鼠《いたち》っぽい感じだったりする。

「コロがその、ゆうべの夢に出てきたの？」

しょぼしょぼする目をこすりながら私が訊《き》くと、妻はこくんと頷《うなず》いて、

「たぶんね」

「どんな夢？」

「ええと……猫がね、川の中にいて、流されていくの」

「川？」

「大きな川じゃなくて、田舎の用水路みたいな、でもかなり深さのある小川で。水はとてもきれいで、流れはわりと速くて」

「そこに猫が落っこちたわけ？」

「落ちたって云うより、ふと見たらもうその川の中にいたの。だけど、溺《おぼ》れたりしている様子はなくて。前脚をこう、きちんと揃えて水の上に出してね、水中の体はまっすぐ下へ伸ばして……ちょうど立ち泳ぎをしているみたいな恰好《かっこう》で浮かんでいて」

「ふうん」

猫は泳ぎが得意じゃないというが、まあ、夢の話だから何でもありだろう。

「頭はぴょこんと水の上に出ていて、わたしのほうを見ると、ご機嫌そうな声でにゃん、って鳴いて」

「ふんふん」

「そしてね、そのままの姿勢で横向きに——独楽《こま》みたいに回転しながら流されていったの。にゃにゃにゃにゃにゃ……って鳴きながら」

「それ、助けようとはしなかったの？」

「うん。わたしは川辺に立ってただ、流されていくのを見ていただけで」

妻は足許の猫たちにふたたび目をやり、

「だって、溺れて苦しそうな感じじゃなかったし、むしろ何だか楽しそうにも見えたし」

「ふうん。——で？」

「顔立ちと鳴き声からして、あれはコロのほうだったと思うのね。くるくるまわりながらずうっと流されていって、そのうち姿も見えなくなって、夢はそこでおしまい」

「ふうん。——コロがそうやって流されていくのを見送りながら、どんな気持ちだったのかな。怖かったり、悲しかったりした？」

訊くと、妻は迷いなくかぶりを振った。

「不思議とそういう感情は湧いてこなかったのよねぇ。とにかくコロが楽しそうだったから。楽しそうにくるくるまわってたから……って、ね？　変な夢でしょ、これ」

「まあ、確かに」

変と云えば変だが、しょせんは夢の話である。深く考えてみたところで、手垢《てあか》のついた「夢判断」的なあれこれしか出てこないだろう。

妻の足許の二匹の猫たちは、飼い主のこんな会話には当然ながらまるで無頓着《むとんちゃく》な平穏さで、それぞれに前脚で〝箱〟を作ってうつらうつらしている。私は彼らに歩み寄って身を屈《かが》め、スリム体型のコロのほうの背中をゆっくりと撫《な》でてやった。そうしながら、いま妻が語った夢の〝絵〟を、改めて脳裡《のうり》に描いてみる。

水中から頭と前脚だけを出して、体を垂直に伸ばした恰好で浮かんでいる猫。……うぅむ、これは何だか。

「浮かび方が何だか、茶柱みたいだねえ」

ふと思いついた言葉を口にした。

「茶柱ならぬ猫柱、か。茶柱が立つと縁起が良いっていうから、猫柱《ねこばしら》も同じなんじゃないかな」

これは本当に、何の気なしに云った軽口だったのである。――ところが。

「猫柱……」

そう呟《つぶや》く妻の表情が、何やら微妙な緊張を帯びてこわばった。――ような気がして。

「うん？」

私は小首を傾げた。

「どうかしたの」

「あ……んっと、その」

妻は若干の躊躇《ちゅうちょ》を見せたのち、こう云ったのである。

「そんな言葉、むやみに口にしないほうが」

「えっ。どうして」

私はまた小首を傾げた。

「茶柱と同じで縁起が良い、っていう話なんだし。夢では流されていったけど、現実のコロはこのとおり変わりないんだし」

「それはそうなんだけれど……でもね、やっぱり」

と、そこまでで妻は口をつぐみ、そのあとはひと言も、夢や猫に関する話をしなくなってしまったのだった。

何だか妙だな――と、私がいささか不審を覚えたのは云うまでもない。

2

週明けの締切をクリアしたあとも何となく、この時の妻の微妙な反応とセットになって、「猫柱」という言葉が頭の隅に残った。

茶柱と云えば、日本茶を淹《い》れたとき茶碗《ちゃわん》に入ってしまった茶の茎が、垂直に立った状態で浮かぶ現象だ。茶柱が立つのは縁起の良いこと、すなわち吉兆である――と、幼少の頃に教えられた記憶は、この国で生まれ育った者ならばたいてい、あるに違いない。

これが茶柱ではなくて猫柱になると、意味合いが変わってくるのだろうか。たとえば茶柱の場合とは逆に、猫柱は縁起が悪い、凶兆である――と？

いや、しかしそんな話はこれまで一度も聞いたことがない。だいたい猫柱なんていうこの言葉からして、あのとき私がふと思いついて云ってみた造語にすぎないのだ。猫が茶柱のように水に浮かぶ現象自体、たまたま妻がそんな夢を見たというだけのものなのだし……はて？

いったいなぜ、あのとき彼女はあんな反応を示したのだろう。

3

八月も下旬に入ったものの、なかなか和らぐ気配のない連日の暑さにうんざりしながらも——。

性懲りもなくまた「健康のため」と思い立って私は、しばらく怠っていた散歩を再開しようと決めた。去年の春からは、例のQ＊＊ホテルのプールでときどき泳ぐようにもしているのだが、それに加えて、である。

Q製薬の実験農園の横を抜け、千首院《せんしゅいん》の前まで登って蟻良々坂《ぎららざか》のほうへ向かい、深《み》蔭川《かげがわ》までは行かずに降りてきて、白蟹《しろかに》神社の境内をぶらぶらして戻る——というのが、このところの定番コースだった。早朝のまだ陽射しが強くなる前か、夕刻のやや涼しい風が吹きはじめた時分を狙って出かける。するとたいがい、犬の散歩のために出てきている人たちと遭遇した。

長年の猫たちとの暮らしにすっかり馴染《なじ》んでしまった私だけれど、昔は断固として〝犬派〟だったんだよなあ——と、そんな感慨にふけったりもする。

父親が大の犬好きで、物心ついた頃からずっと家には飼い犬がいた、というのが原因の一つなのだろうが、だからいずれ一戸建てに住むような日が来たら、きっと自分も犬を飼おう。そう心に決めていたのだ。飼うならゴールデンレトリバーかグレートピレニーズみたいな大型犬を、というところまで思い描いてもいた。なのに――。

まだ賃貸マンションで暮らしていた十数年前のある日、妻が拾ってきたのは犬ではなくて、二匹の仔猫《こねこ》だったのである。

「猫は違うから」「犬に交換してきて」などとそこで云えるはずもなくて、私は不承不承、彼らが部屋に棲《す》むのを認めた。けれどもその際、せめて二匹には「犬っぽい名前」をつけたいと提案し、私の気持ちを慮《おもんぱか》ってか、妻もすんなり賛成してくれた。かくして彼らは「ぽち丸＝ポチ」「ころ助＝コロ」という、あまり猫らしからぬ名を得てしまったわけだが――。

飼いはじめて一週間も経たないうちに、だったと思う。私はすっかり猫たちの愛らしさに魅了され、われながら呆《あき》れるくらいにあっさりと、〝犬派〟から〝猫派〟に転んでしまうことになった。こうして振り返ってみるとまあ、何ともありがちな話ではある。

ところで――。

日々の散歩を続けるうち、いったん忘れかけていたある気がかりが、徐々にまた膨らんできたのである。

実験農園の横を通る際、農園入口の門のあたりにたむろしている何匹かの猫たちを見かけて。あるいは、千首院の門前の石段や、駐車場に駐《と》められた車の陰などで寝ている猫たちを見かけて。あるいはまた、白蟹神社の境内のそこかしこで、思い思いの恰好でくつろいでいる猫たちを見かけて。……

意識してみると、飼い猫か野良猫かも定かでない猫たちが、この界隈《かいわい》にはずいぶん数多く棲みついているものである。にもかかわらず、そういう猫たちを巡ってのトラブルをほとんど耳にしないのは、この地区の住民が総じて猫に優しいからなのか。もしくはこの地区の猫たちの行儀が良くて、住民を怒らせるような悪さをしないからなのだろうか。——ともあれ。

そんな猫たちを見かけるたび、私の心中で膨らんできたのは——。

猫柱。

そう。妻が先日、微妙な反応を示したこの言葉——「むやみに口にしないほうが」とまで云ったこの言葉に対する気がかり、なのだった。

4

あの時は単に「茶柱」からの連想で、「猫柱」なる言葉を思いついた私だったのだけれど、もしかして……と、今さらながらに想像してみる。

もしかして妻はあの時、私が意図したのとは異なる「猫柱」をイメージしたのではないか。

具体的にその考えが浮かんだのは、九月に入って最初の金曜日のことである。ちょっとした健康不安を感じて、件《くだん》の深泥丘《みどろがおか》病院を訪れた時――。

持病とも云える例の眩暈《めまい》にまたぞろ襲われて、というわけではなかった。このところどうも、仕事でパソコンに向かっていてしばしば身体に違和感を覚えるのである。眩暈というほどではないが、頭が少しくらくらしたり顔が火照ったり、手足が妙にだるくなったり、ときには動悸《どうき》がしたり軽い悪心があったり……と。

ひょっとしたらこれは、血圧の問題だろうか。

何となくそう直感したのだが、あいにく家には血圧計がなかった。わざわざ購入して測ってみて、というのも面倒だし、まずは馴染みの病院で診てもらおうか、と決めたわけである。

「血圧は……おやおや、確かにだいぶ上がっていますね」

左目をウグイス色の眼帯で隠した主治医の石倉《いしくら》（一）医師が、計測装置に表示された数字をメモしながら云った。

「これまではずっと正常でしたからねえ、それがこう急に上がると、今おっしゃったような自覚症状が出ることもあるでしょう」

「――やはり」

「とにかく家庭用の血圧計を買って、毎日ご自分で測って記録してみてください。ストレスなどが原因で一時的に上がっているだけ、というケースも考えられます。二ヵ月ほど経過を見てみて、それでも高い値が続くようならば、降圧剤の処方を検討したほうが良いかもしれませんね」

「――はあ」

「ご職業柄、何かとストレスも多いかと思いますが……睡眠不足は大敵ですので、特にお気をつけて。適度な運動を心がけて、しつこいようですが、喫煙はほどほどに」

「――はあ」

高血圧と云っても、まださほど危険な数値ではないから、あまり神経質になりすぎないように――とも云われた。不調を感じた時には無理をせず横になって、静かな音楽でも聴いてリラックスするように。軽い鎮静剤を出しておくから、不安でたまらない時には服用して休むように。……

といった医師のアドバイスに、いちいち「はあ」と頷くばかりの私であった。これまで血圧の異常を気にしたことなど一度もなかったので、いくら「さほど危険な数値ではない」と云われても、けっこうどんよりした気分になった。それでも――。

「あのう、先生」

診察が終わったところでついつい、私は切り出してしまったのである。

「つかぬことをお訊きしますが……あのですね、猫柱、という言葉を聞いて、どう思われますか」

すると——。

医師は最初、「はて」と首を捻《ひね》った。

「猫柱、ですか。それは……」

初めて耳にする言葉なのか、あるいは何か心当たりがあるのか。どちらとも取れる反応に見えた。ところが、そんな医師よりも顕著な反応を示した者が、この時いた。

例によって診察室の隅に控えていた、咲谷《さきたに》という顔馴染みの若い女性看護師である。

彼女は何も云わずに立っていた。けれどもその表情が、「猫柱」と聞いたとたん、さっと変わった。——ような気がしたのだ。

何やら微妙な緊張を帯びた……ちょうどそう、あのとき妻が見せたのと似たような表情に。「そんな言葉、むやみに口にしないほうが」とでも訴えたげな表情に。

看護師が実際、そのように訴えることはなかった。しかし彼女は代わりに、唐突な私の質問に答えあぐねる医師の耳許に顔を寄せ、囁《ささや》き声でこう云ったのである。

「今年は巳《み》の年ですからね、先生。九月のどこかでたぶん、ねこしずめが……」

「……ははあ、そう云えば」

眼帯で隠されていない右の眉《まゆ》を震わせて、医師が応《こた》えた。

「うちには猫がいないから、うっかり失念を……うむ。そう云えばそうですね。十二年に一度、巳の年の九月にはねこいしずめの……ははあ、つまりあなたがおっしゃるのは、もしかして例の……」

と、途中からは私に向かって、医師はそんなふうに云った。——のだが、私には何の話だかさっぱり分からない。

「……おや」

医師は不思議そうに私の顔を見据え、

「ひょっとして、ご存じないと？」

「ええとその……ねこいしずめを、ですか」

「そうです」

ねこいしずめは「猫しずめ」。「しずめ」は「鎮め」だろうか。猫鎮め、か。ああ、しかし私は……。

「ご存じないと？」

繰り返し問われて、

「ええとその、私にはちょっと……」

大袈裟《おおげさ》に首を捻ってみせると、医師は眼帯の縁に指を当てながら、

「この町にずっと住んでおられて、ご存じない。珍しいですね」

「――はあ」

ああ……何だかもう、これは。

ここ何年もの間、幾度となく経験してきた状況ではないか、これは。

この古い町に伝わる独特の風習や慣《なら》わし、云い伝え等々に関する自分の、不自然なまでの無知。この町で生まれ育ち、長らく住みつづけてきたにもかかわらず、少なくとも現在の私はそれを知らない、まるで記憶にない、すっかり忘れてしまっている、という……。

くらぁ、と眩暈を感じた。

大して強くもない、わざわざ医師に訴えるほどのものでもない眩暈だったのだが、この時――。

いま初めて耳にした(――ようにしか思えない)「猫鎮め」というその言葉と、こしばらく気にかかりつづけていた「猫柱」という言葉。この二つがおもむろに響き合って、ある不穏なイメージを私の心中に喚起したのだ。

5

病院を出て家に帰る道すがら、私はつらつらと考えつづけた。

何の確証もない話なのだが、いったん芽生えてしまったイメージを振り払うことはなかなかできないもので……。

「猫鎮め」からの連想で、「花鎮め」という言葉を思い出す。

「鎮花祭」とも呼ばれる、そもそもは古代の宮中で始まった年中行事の一つで、現在でも各地の神社で行なわれている。桜の花が散る頃に疫病が流行するため、その対策として生まれた神事であるという。疫神の分散によって病を流行させると信じられた「花」、その災いを「鎮め」るための〝お祓《はら》い〟の儀式。だから「花鎮め」——。

火の災いを防ぐための「鎮火祭」という神事もある。「火鎮め」と書いて「ひしずめ」とも「ほしずめ」とも読む。変わったものでは「星鎮め」という、〝星の神〟による災いを封じ込めるための祭りが、どこかの地方では行なわれていると聞いたこともある。

その伝で云うと、では、「猫鎮め」とはいったい何なのか。

猫による災いを防ぐため、の？　——だとしても、果たして猫が、いかなる災いを世にもたらすというのだろうか。

このように考えてみたとき意味を持ってくるのが、「猫柱」というこの言葉である。

——ような気がするのだった。

たとえば——と、私はこの町の、あまり正確に把握できているとは云えない地図を脳裡に呼び出してみる。

戦時中もほとんど空襲を受けることがなかったとされる町の、あちこちに残る古い寺院や神社などの大規模建築物。平安の昔から氾濫《はんらん》に悩まされてきたという、黒鷺川《くろさぎがわ》の堤防や橋。時代が下れば、それこそ市街から徒原《あだはら》の里、如呂塚《にょろづか》を結ぶQ電鉄如呂塚線の途中に掘られたトンネルがある。町の北東の外れに位置する保知谷《ぼちだに》までの道路を整備するに当たり、やはり途中の難所に掘られたトンネルも……。

こういった大規模工事や難工事の成功を祈って、神に生《い》け贄《にえ》を捧《ささ》げる——という風習が昔はあったという。この町に限った話ではない。この国に限った話でもない。生け贄として土中に埋められたり水中に沈められたりしたのは生きた人間で、これがすなわち、「人柱」と呼ばれるものである。

この町に現存するあれこれにおいて、そのようにして人柱が立てられた事実があるのかどうか、私は知らない。しかしたとえば——と、ここで一つ想像してみるわけである。

時代が下るに従って、さすがに人柱を立てるような行為は禁じられていったとしても、代わりに人間ではないものを生け贄として捧げる、という形でこの風習が生き残った可能性はないだろうか。これがすなわち、人ではなくて猫——「人柱」ではなくて「猫柱」だったのではないか。

たとえばそれこそ、如呂塚線や保知谷のトンネル工事……たかだか何十年か前のそれらにおいても、実はこの猫柱が立てられた。そういうことはありえないだろうか。だったら——と、私はさらに想像する。

猫鎮めとはつまり、そうやって過去、猫柱として使われて死んでいった多くの猫たちの、無念や怨念《おんねん》を鎮めるための行事である。そんなふうには考えられないか。

「猫柱」とは、そう、最初に私が思いついたような「茶柱」に類する意味ではなく、「人柱」に類する意味を持っていたのだ。——とすれば、あの時の妻のあの反応も、容易に納得できる。

私が他意もなく口にした「猫柱」という言葉を聞いて、彼女の頭に浮かんだのはこの猫柱のイメージだったのだろう。なるほどそれは、猫好きの人間にとっては特に、考えるだに恐ろしく忌まわしいイメージであるに違いない。だからあの時、彼女はあのように云ったのだ。

「そんな言葉、むやみに口にしないほうが」——と。

深泥丘病院の石倉（一）医師と咲谷看護師の話では、十二年に一度、巳の年である今年の、九月のどこかで「ねこしずめ」があるらしい。そういう時期でもあるからなおさら、みゃあ、妻はああいった反応を……。

……にしても。

過去に猫柱として犠牲になった猫たちの無念・怨念を鎮めるための、猫鎮め。

この想像が正しいとして、ではいったい、その時にはどこで何が行なわれるのだろう。

この町に住まう人々にとっては常識なのかもしれないが……みゃみゃ、やはり私は知らない。私には分からない。何もかもが、近年いよいよ曖昧《あいまい》化しつつある記憶の深みに、おそらく本来の形を失ったような状態で溶け込んでしまっていて…………………………みゃあぁ。

6

「森月《もりづき》さんの奥さんから今朝、情報がまわってきたの。どうやら今日、ねこしずめがあるようだって」

妻が真顔でそう云いだしたのは、九月も下旬に入り、彼岸の中日も過ぎた水曜日の午後のことである。

「ねえ、その猫鎮めって——」

と、この時になってようやっと、私は彼女に問うてみたのだった。

「どこで何が行なわれるのかな。やっぱりどこか、それゆかりの神社があって、とか」

「神社？　へえぇ？」

予想に反して、妻はそう答えた。「そんなわけないでしょう」とでもいうように、ちょっと首を傾げてみせる。

「でもほら、死んだ猫たちの怨《うら》みを鎮めるためのお祓いとか、そういう話じゃないの？　だったらやっぱり神社の守備範囲なのかなあと」

「うーん」

妻はさらに首を傾げ、胡乱《うろん》なものを見るような眼差《まなざ》しを私に向けた。

「何かそれ、違う」

「えっ」

と、今度は私が首を傾げて、

「違う、って？」

「十二年前のこと、憶《おぼ》えてないの？」

妻は大真面目にそう問い返した。

「十二年前……ええと」

私は慌てて記憶を探る。十二年前と云えばまだ、この家には越してきていない。マンション住まいだった頃の話になるが。

「ポチがいつのまにか部屋から脱走しちゃって、大騒ぎだったでしょ。ねこしずめの日は猫を外へ出しちゃいけないのに」

「そう……だったっけ」

「また忘れちゃってるの？」

「うう……」

「あの時はたまたま、大家さんがマンションのエントランスでポチを見つけて、保護してくれたから良かったけど」

「そうじゃなかったら？」

「ねこしずめの日に外へ出ていった飼い猫は帰ってこないことが多い、っていう話でしょう。だから……」

「――ううむ」

案の定と云うか何と云うか、十二年前のその出来事を私はまったく憶えていなかった。外へ出ていった飼い猫は云々《うんぬん》、というのも初耳である。——ような気がする。

「——にしてもね」

半ば投げやりな心地になりながらも、私は云った。

「猫鎮めっていうくらいだから、どこかで誰かが、何らかの方法で『猫』を『鎮め』るわけだよね。神社じゃないとすれば、いったいそれって」

「詳しいところはわたし、知らないけど」

片頬に手を当てて妻は、ふたたび胡乱なものを見るような眼差しを私に向ける。

「でも何か、あなたは誤解してるみたい」

「——と云われても」

「とにかく今日はね、ポチとコロを絶対に外へ出しちゃだめだから。猫の飼い主も、なるべく外出しないほうがいいのよ。特に日が暮れてからは。でないと……」

「でないと？」

妻は何とも答えず、微妙な緊張を帯びた表情ですいと目をそらした。

7

そんなわけでこの日、妻は昼間から家中すべての窓を厳重に閉めきったうえ、猫たちをつなぐリードの準備までしていた。もともと家の外にはいっさい出していない、室内飼いの猫たちなのだから、そこまでする必要もなかろうに。そう思いつつも口にはせず——。

午後も四時になろうかという頃、私は独り散歩に出たのである。日が暮れる前ならば外出も問題ないだろう、と考えて。散歩の時に見かけるこの界隈の猫たちが、今日はどんな様子なのかも気になったし……。

妻は別に私を引き止めようとはしなくて、ただ「気をつけてね」とだけ云って送り出した。この時すでにリビングの一角にリードでつながれていたポチとコロが、不満を表明して騒がしく鳴くのが聞こえた。みゃおん、みゃおぉぉん……という、何だか雌猫の発情に応じるような声で。

さて、こうしてこの日も、このところの定番どおりの散歩コースを歩いてみた私だったのである。

九月も中旬あたりからは、残暑もだいぶ和らいできていた。夕暮れにはまだ早い時間帯だったが、それでも充分に過ごしやすい涼しさで、この時の散歩は基本、すこぶる快適ではあったのだ。——が、しかし。

猫がいない、のだった。

実験農園の入口付近にも、千首院の門前にも、白蟹神社の境内にも。――普段よく見かける猫たちの姿が、どこにも見当たらないのだ。

いつもとは時間も違うから、たまたまいないだけなのか。あるいは、今日が猫鎮めの日だから？　何かそれが関係しているのだろうか。

白蟹神社の境内を出たあとも、私は普段のように帰路に就くことはせず、そのまま散歩を続けた。どこかで一匹でも猫を見かけたなら、あるいは気が済んだのかもしれない。普段のコースから外れて南のほうへ、ずいぶん歩いてみた。ところが、行けども行けども一匹の猫とも遭遇しない。いつしか、ずいぶん離れた位置関係にある深泥《みどろが》森《もり》神社の前までやって来てしまい、この神社の境内にも入ってみたのである。だが、それでも猫とは遭遇しない。

どうしてなのか。

猫鎮めの日には、もしかして町中の猫が消えてしまうのだろうか。だから飼い猫は外へ出してはならないのか。ああ、しかしどうしてそんな……。

考えてみても答えが出るはずのない疑問に悩まされつつ、なおも私は何かに取り憑《つ》かれたように歩きつづけた。日没の時刻が近づいてきても、だからもう家へ帰らなければとは思わない、思えないままに……。

……そして。

気がつくと私は、なだらかに続く坂道の途中にいたのだ。
道沿いにふと目を上げた先には、黄昏《たそがれ》が迫る空を背景に、古びた鉄筋四階建ての建物の影があって——。

医療法人再生会
深泥丘病院

仄白《ほのじろ》く光る看板が見えた。もはやすっかり通い慣れた件の病院だったが、この時はなぜかしら、かつて初めてこの病院を訪れた時の状況が、現在の状況に重なって思い出されたのである。既視感《デジャ・ヴュ》と呼ぶのはこの場合、適切ではないのだろうが、何となくそれに似たような感覚もあった。

かれこれ九年も前の、あれは確か四月のことだったか。——と、その記憶を手繰り寄せたとたん。

ぐらあっ

ぐらあああっ

激しい眩暈が、いきなり降りかかってきた。

たまらず額に手を当てながら、「まいったなあ」と呟いた。九年前のあの時も、そう云えば同じように額に手を当てながら同じ言葉を呟いた——ような気がする。あの時はそして、「とにかくここで診てもらおうか」と即断して病院へと向かった——ような気がするのだが。

私の名を呼ぶ声が、そのとき聞こえた。見ると、病院の門のあたりに声の主の姿があった。私はしかし、眩暈に耐えきれず、あえなくも路上に屈み込んでしまって……「あ、大丈夫ですか」という彼女の声が、前方から。そうしてこちらへ駆け寄ってくる足音が……。

「大丈夫ですか」

そばまで来ると、彼女はもう一度そう訊いて上体を折り、私の顔を覗《のぞ》き込む。

「ああ……咲谷さん」

私はやっとの思いで答えた。

「すみません。急にまた、いつもの眩暈が」

「そうですか。だったら、大丈夫」

と云って咲谷看護師は、屈み込んだ私に向かって手を差し延べた。その左手の、手首に分厚く巻かれている包帯が、このとき目に入った。

眩暈にふらふらしながらも、彼女に引き起こされるようにして、どうにかこうにか立ち上がる。彼女はすると、左手の人差指をぴんと伸ばして腕を上げ、指先を私の額の中央に突きつけたのだった。

「あっ」

私は思わず声を洩《も》らした。彼女の指先が額に触れた瞬間、不思議なことにぴたりと眩暈が治まってしまったのである。

「あ……ありがとうございます。何だか、その……」

「では、行きましょうか」

と、看護師は云った。白いカットソーに薄手の真っ赤なブルゾンを着ている。本日の勤務が終わって、ちょうど出てきたところだったのか。

「行きましょうか」

と、看護師は繰り返した。

「もう歩けますよね」

「――ええ」

答えて私は、このとき今さらのように疑問を覚えた。

咲谷というこの看護師と初めて会ったのも、そう、九年前の春だった。あれから現在までに当然、彼女は九つ年を取っているはず……なのに、こうして間近で見ても、現在の彼女は九年前と何ら変わりがない。――ような気がするのだ。九年前と変わらず、彼女は今でも「若い看護師」に見えるのである。

自分が年を取ったぶん、相対的にそう見えるというわけではなくて。まるで彼女だけが、現実の時間《とき》の流れを超越して存在しているかのように。これは……ああ、なぜに？


「今日は何となく、あなたとお会いするような予感がしていました」

と、看護師が云った。

「猫鎮めの日なのに、ですか」

「ねこしずめの日だから、です」

「しかし今日は——特に日が暮れてからは、猫の飼い主は外出しないほうが良いと」

「そうお聞きですか」

「ええ。妻から……」

「奥様は家におられるのですね」

「そのはず、ですが」

答えてから、私は相手の顔を見据えて、

「確か咲谷さん、あなたも家では猫を飼っておられるのでは？」

「それは……」

彼女はわずかに表情を翳《かげ》らせつつ、こう答えた。

「うちの猫は今年の初め、急に死んでしまったので。だからもう、わたしは『猫の飼い主』ではないのです」

「――そうでしたか」

「ですので……さあ、行きましょうか」

「行く――とは、どこへ？」

私の問いに、彼女はまた左手の人差指を伸ばして腕を上げる。病院の前を通って深泥丘を上っていく坂道のほうを、伸ばした指でまっすぐに示し、そしてこう云った。

「丘の向こうへ」

8

かつてはときどき、深泥丘を越えるこの道を歩いてみることもあったのだが、考えてみれば、ここしばらくはめっきり足を向けなくなっていた。明確な理由があっての話ではない。ただ何となく、である。

小高い丘のてっぺんにはちょっとした自然公園があって、そこから先には丘の向こう側へ抜ける遊歩道が、普通の道路とは別に造られていて……と、その辺の記憶はしっかり残っていた。てっぺんに行き着くまでにある四《よ》つ辻《つじ》には確か、「深泥丘三地蔵」と呼ばれるお地蔵さまの一つがあって（あれは確か、三地蔵のうちの「みつ眼」

の地蔵で……）……。

明瞭《めいりょう》な部分もあれば不明瞭な部分もあり、中には完全な空白もある。それらが斑状《まだら》に混じり合った曖昧な記憶を抱えつつ――。

看護師に導かれるままに、私は丘を登っていったのだった。ところがしばらく行くうち、奇妙なことに気づいた。

病院の前まで来た時、すでに黄昏が迫りつつあった空の色に変化がない、のである。いくら歩きつづけても、同じ「黄昏が迫りつつある空」のままなのだ。日没が近づいて、もっと暗くなってくるのが当然なのに、そうはならないのである。まるでそう、そこで時間《とき》が凍りついてしまったかのように。――思えば、このあたりからもう、私が認識するこの世界の〝現実〟は、本来あるべき輪郭を崩しつつあったのだろう。

このまま永遠に続くかと思われる夕暮れどきを、私たちは微妙な緊張関係を保持しつつ歩いた。

「ええとですね、前からお訊きしたいと思っていたのですが――」

丘のてっぺんを越え、下りの遊歩道に入ったあたりから、私と彼女はぽつぽつと言葉を交わしはじめた。

「咲谷さん、あなたはもしかして、もともとは南九州の猫目島《ねこめじま》の出身なのでしょうか」

「ええ、そうです」

と、看護師はあっさり答えた。

「前にそれ、お話ししませんでしたっけ」

「さあ……」

「中学生の頃までは島で育って、そのあと家族で東京のほうへ」

「やはりそうでしたか」

ごごぅ
ごごごごごぅぅ……

という海鳴りの音が、私の頭の中で不意に響きはじめた。——これは。

これは確か……ああ、そうか。いつだったか、どこかで見た(——ような気がする)録画映像。その中でずっと流れつづけていたのが、このような海鳴りの……そして。

「あのね、咲谷さん」

私は彼女のほうへちらりとだけ視線をやり、

「あなたはその、私の妻と……」

訊こうとして、言葉の先を見失った。

あなたは妻と一緒に猫目島へ行ったことがあるか。——と、そう訊きたかった。

――ような気もするのだけれど。

「あのね、咲谷さん」

と、改めて私は云った。

「咲谷さん、あなたのその名前は……」

「わたしの名前、ですか」

「ええ。つまりその……」

云おうとして、またもや言葉の先を見失った。

あなたのその名前は……ああ、何だろう。私はいったい、彼女にいま何を云おうとしたのだろうか。

混乱するばかりの私の思考であったが、それそのものを根こそぎ断ち切ろうとするかのように、この時――。

うぉぉん
どこかから何か、異様な音が聞こえてきたのである。

ぐぉぉん、うぉぉぉんっ
雷鳴とも風の唸《うな》りとも、あるいは何か巨大生物の雄叫《おたけ》びともつかぬような……。

私は思わず歩みを止めた。二、三歩先へ進んだところで立ち止まり、こちらを振り返った看護師が、

「そろそろ始まりが近いようですね」

そう云ってかすかな、見ようによってはひどく妖《あや》しげな笑みを唇に浮かべた。

「さあ。少し急ぎましょうか」

9

ごっ、ごごっ、ごっ……と、そんな音が遠くから聞こえてくる。――ような気がした。

ごごっ、ごっ、ごごごごっ……と、それがだんだんこちらへ近づいてくる。――ような気もした。

丘を越えて降りてきた坂道の傾斜が、だいぶ緩やかになっていた。このままもうしばらく降りていけば、そこにはQ電鉄如呂塚線の線路と、遮断機も警報機もない小さな踏切があるはずで……と、ここでまた私は、既視感めいた記憶の疼《うず》きに囚《とら》われる。

遠くから聞こえてくる、地響きのようなこの音。一緒に坂道を降りてきたのは、赤い服を着た深泥丘病院の看護師で……という、これと似た状況を私は、かつて経験している。――ような気がするのだった。かつて……今からもう何年も前に。

あの時は確か、この下の線路に何かが……あああ、そうだ、何だか物凄いものが現われたのではなかったか。あれはそう、九年前の秋、だった気がする。はっきりとは思い出せないのだけれど……ごっ、ごごごっ、あの時は確かそれが、どどどっ、徒原の里に抜けるトンネルから出てきて、どどどどっ、線路を驀進《ばくしん》してきて、そして……。

……ぎゅぃん

また、なのか？

……ぎゅぃぃぃぃぃぃん

また来るのか？　あれが。

はっきりとは思い出せないままに、ただそのとき目撃した（──ような気がする）凄惨《せいさん》な光景への恐怖だけがわらわらと蘇《よみがえ》ってきて、私は全身をこわばらせた。肉体《からだ》だけでなくて精神《こころ》も、同じくらいにこわばっていた。

「もうすぐですね」

並んで歩いていた看護師が、この時は彼女のほうが歩みを止め、云った。

「このままご一緒しようかとも思ったのですが、気が変わりました。ここから先はもう、あなたお一人で」

「はい？」

何を……どうして突然、そんな？　という私の戸惑いを無視するように、彼女は「ところで――」と言葉を続けたのだ。

「わたしの名前のお話ですが」

「ああ、はい」

「奥様はあなたとご結婚されて苗字《みょうじ》が変わって、お仕事ではまた別のお名前を使ってご活躍のようですが、もともとはわたしと同じ苗字だったのですよね。そう知った時にはちょっと驚きました」

ああそう……それは。

彼女の夫である私にしても、それは同じこと、だった。

深泥丘病院を訪れるようになったのが九年前の春。以来、いろいろと世話になっているこの看護師の白衣の胸に「咲谷」と記されたネームプレートを見つけたあの時、当然ながら私はちょっとした驚き――と云うか、「妙な感じ」を抱いたものだった。「咲谷」とは、全国的に見ればかなり珍しい姓だったから。

「でも、考えてみれば奥様は猫目島のご出身ですから、そんなに驚くようなことでもないんですよね。あの島はそもそも、全世帯の半数以上が同じ咲谷姓なのですから」

そう云えば――と、不意にまた記憶が疼く。

いつだったか、妻とともにあの島へ行った際にかかった歯医者も、そう云えば「咲谷歯科」だった。あの時はそして、何かひどく恐ろしい治療を、私は……。

「では」

看護師が云った。

「奥様に——由伊《ゆい》さんに、どうぞよろしく」

それから彼女は、何やら芝居がかった動きで深々と一礼したかと思うと、ふたたび「では——」と云った。

「では、わたしはこれにて、退場させていただきます」

その台詞《せりふ》が終わるや否や、上空から巨大な黒いカーテンが降りてきた。それは妖しくも懐かしい天鵞絨《ビロード》の質感をもってわずかにそよぎながら、妻の旧姓と同じ姓を持つ彼女の姿を、一瞬の大蛇の幻影とともに搔《か》き消して深い闇に封じた。

10

そうして私は独り、丘の向こうへ下りる遊歩道を進んだのである。

振り返ると、後方に見えるのはひたすらに深い闇だけだった。前方にはしかし、丘を登りはじめる前と変わらない夕暮れがある。どこかから赤い光が射しているようなのだけれど、太陽が今どこにあるのかは分からない。

眼前に広がるのは、かつて見たことのないような荒涼たる風景だった。

記憶にある「丘の向こう」の風景とはずいぶん違う。民家の一軒もなければ、如呂塚線の線路や踏切もまったく見当たらない。丈高いススキだけが無数に群れ立つ荒れ野が、そこには見渡す限り……。

……うおぉん

と、音が聞こえた。

ぐおぉん、うおぉぉんっ

これは先ほど、坂道の途中で聞こえてきて思わず歩みを止めてしまった、あの音。九年前の秋、この同じ場所で如呂塚線の鉄路を驀進してくるのを見た（――ような気がする）、あれが発していた音とはまた違う、まるで違う。この異様な音は、いったい……。

戸惑いと恐れ、しかしその中に混じり込んだほんのわずかな、奇妙な高揚感。

私は立ちすくみ、丘の向こうの荒れ野を見渡す。

すると、やがて――。

向かって左手前方の遥《はる》か遠くで、何かが立ち上がるのが見えた。何か……全体として捉《とら》えるととても巨大な、そして異様なものが。

ぐおぉん、うおぉぉんっ
と、音が聞こえた。
うおぉぉぉぉん、うおぉぉぉぉぉぉぉんっ
風の唸りとも雷鳴ともつかぬ、あるいは巨大生物の雄叫びとも思われるような、この異様な音響。これを発しているのは、あれか。あれなのか。
私は立ち尽くし、瞠目《どうもく》する。
遥か遠くで立ち上がったそれが、見るまにこちらへ向かってくる。

11

竜巻だろうか、と最初は思ったのだ。

一見して、何十メートルも高さがある。どうかすると上空の雲まで届いてしまいそうなそれは、遠目には灰色の竜巻に見えた。しかし――。

近づいてくるにつれて否応《いやおう》なく、私は悟らざるをえなかったのだ。

それは竜巻ではなかった。それは……。

「……猫？」

私は愕然《がくぜん》としつつ、呟いた。

「猫か。猫なのか、あれは」

無茶な、とは思った。だが、この時の自分の直観的な認識に間違いはない。――ような気がした。

あの灰色の、巨大で異様なものを形成しているのは何百匹、何千匹……いや、何万匹もの猫たち、なのだ。無数の猫たちがひとところに集まり、大群を成して宙に舞い上がりながら今、あのようなものを形作っているのだ。

竜巻かと思って見るうちは竜巻のようにも見えるが、猫なのだと悟ったとたん、そのものの全体像までが、後ろ脚で立ち上がった灰色の巨猫に見えてきた。ぐおぉん、うおぉぉんっ……という音にしても同じである。異様なこの音響は、そのものを形成する猫たちが口々に発する鳴き声の集合体なのだ。一つ一つは「にゃあ」だったり「にゃにゃにゃ」だったり「みゃあ」だったり「みゃおぉん」だったりする声が、何千匹ぶん、何万匹ぶんと集まってぶつかりあい、共鳴し合い、その結果こんな大音響が……。

「……猫柱」

おのずと私の口を衝《つ》いて出た言葉。

「猫柱、だ」

のようなーー。「茶柱」のたぐいでも「人柱」のたぐいでもなくて、これはそう、まるで「蚊柱」の

私たちが日常、見かけるような規模のそれではない。アカイエカやユスリカ、ガガンボなどの雄が群れになって飛び、まるで柱が立ったように見える現象を「蚊柱」と呼ぶが、群飛の規模が大きくなると、ときには高さ数十メートルもの「柱」が立つこともあるという。そのような大群による「柱」を今、猫たちが……。

「……猫柱」

ふたたびその言葉が口を衝いて出た、その刹那《せつな》。

私の知覚は私の肉体を地上に残したまま、時間《とき》の止まったこの夕暮れを自在に飛びまわる〝目〟と化して、灰色の巨猫の中へ飛び込む。

そして、見たのである。

白猫に黒猫、トラ猫、サビ猫、ブチ猫、三毛猫……ありとあらゆる種類の猫たちが、そこにはいた。和猫が中心だが、洋猫もその雑種も多数、交じっている。のだが、しかしーー。

これらの猫たちすべてが実体であるとは、もちろん考えられなかった。蚊のたぐいと違って、そもそも猫には飛行能力がない。それが、こうしてここで見るにつけ、頭を上に、尻尾を下にして体を立てた姿勢で、竹蜻蛉《たけとんぼ》のようにくるくる回転しながら空

中へ舞い上がっているのである。そうやって何十メートルの高さを飛んでいる猫たちもいれば、自身は積極的な運動をしないまま、舞い上がる猫たちが作り出した上昇気流に巻き込まれて体を浮かせているだけの猫たちもいて……なのだが、やはり。

　冷静に考えて、このすべてが実体であるはずがない。実体ではなくて幽体、あるいは幻影に準じるようなものたちが、多数を占めているのではないか。だからつまり、この猫柱を形成しているのは、現在この町に棲む猫たちだけではなく、過去この町で生きた猫たちすべての……。

……ぐおおぉぉん！

　と、ひときわ大きく猫柱が鳴った。

　うおおぉぉぉぉん！

　うおおぉぉぉぉぉぉぉぉんっ！

　自在な〝目〟と化していた私の知覚が、弾《はじ》き飛ばされるようにして地上の肉体に戻る。全身を震わせて〝声〟を発する灰色の巨猫を、そうして私の、本来の〝目〟が捉える。

　あれはいったい、何を想ってあのような〝声〟を発しているのか。雄叫びなのか慟《どう》哭《こく》なのか、あるいは哄笑《こうしょう》なのか。

　あれにもしも感情があるとしたら、いったいそれは何なのか。怒りなのか悲しみなのか、あるいは歓《よろこ》びなのか。属性があるとしたら、それは正なのか負なのか。善なのか悪なのか。光なのか闇なのか。……

最初に感じたような戸惑いも恐れも、奇妙な高揚感も、いつしか私の心からは消えていた。発する声も言葉も失って地上から巨猫を見上げる私の目に、その時――。

丘の向こうの風景に生じようとしている変化が、ぼんやりと映ったのである。

荒れ野の地面が、猫柱の立っているあたりを中心にとつぜん罅《ひび》割《わ》れ、陥没した。凄《すさ》まじい地響きとともに陥没は見る見る広がっていき、やがてそこには大きな池ができた。池の水は黒々と、激しい渦を巻いていた。そして――。

猫柱が傾き、巨猫の形が崩れはじめる。落下した猫たちが、どんどん池に呑《の》み込まれていく。どんどん水中に沈んでいく。

この池がとてつもない深さを持ち、沈んでも沈んでもなかなか底まで辿《たど》り着かないことを、なぜかしら私は知っている。それでも猫たちは沈んでいく。どんどんどんどん沈んでいく。

なかなか辿り着けない池の底の、さらに果ての果てまで沈んでいって、ついには最後の水底《みなそこ》を突き破る。昏《くら》く広がる幻の町の、あの妖しい賑《にぎ》わいに猫が降る。

文庫版あとがき

『深泥丘奇談』『深泥丘奇談・続』に続く連作の第三集『深泥丘奇談・続々』の文庫化、である。『続』の「角川文庫版あとがき」でも同様のことを述べたが、「連作」とは云っても、収録作には各々にある程度以上の独立性を持たせてあるので、いきなり本書を読んでいただいてもさほど大きな支障はない。——ようにも思うのだけれど、これがいちおうの完結巻ではあるので、第一集から仄《ほの》めかしてきたある問題について最後にちょっとした落とし前をつけている。もっとも、「深泥丘」連作はもとより「奇談」であって「推理小説《ミステリ》」ではない。ミステリのような「解決」が明示されるわけでは決してないため、ぴんと来なくて首を捻《ひね》る方もおられるかもしれない。

　この際だから書いてしまうと、前記の「ある問題」とは「咲谷由伊《さきたにゆい》」に関する問題である。これは『眼球綺譚』（一九九五年）以来、綾辻のホラー系・怪奇幻想系の小説にしばしば登場する姓であり名なのだが、同姓同名であっても彼女たちは原則的に同一人物ではない。——という前提を共有してくださっている読者に向けてのささやかな仕掛けを、この連作にはひそませてきたわけである。だからやはり、ぴんと来ない方も少なくないか。——あしからず、ご容赦を。分かる人はまあ、にやりとでもしてください。

二〇〇四年初夏の「顔」から二〇一五年冬の「ねこしずめ」まで、怪談専門誌『幽』を主な発表誌として緩やかに書きつづけてきた「深泥丘」連作である。この間、並行して書いた長編は『びっくり館の殺人』（二〇〇六年）、『Another』（二〇〇九年）、『奇面館の殺人』（二〇一二年）、『Another エピソードS』（二〇一三年）だったことになる。十年以上の長期にわたって、それまでの作品とはずいぶん趣を異にするこの連作に取り組んだのは、いま思えばある意味、僕にとっての必然だったように思う。すんなりと書けた作品など一つもないが、それでも「深泥丘」については毎作、苦労しつつもけっこう楽しんで書いた——ような気もする。

お付き合いくださった読者の皆様には、この場を借りて心からの感謝を。——ありがとうございます。

——というわけで。

角川文庫版の恒例に従って、本書でも以下、収録各編について若干の自己解題をしたためておくことにしよう。

＊

「タマミフル」

経口型抗インフルエンザウィルス薬と云えば、現実に存在するのは「タミフル」である。この薬に関してはいっとき重大な副作用が問題視されたけれども、結局あれは〝濡《ぬ》れ衣《ぎぬ》〟であったという結論に落ち着いて久しい。本作に登場する「タマミフル」はもちろん架空の薬なので、現実と混同されませんように。「タマミフル」という命名の由来はもちろん楳図《うめず》かずお師の名作漫画『赤んぼ少女』にあるわけだが、知らないという人はぜひ読まれたし。

「忘却と追憶」

この作品を書いたのは『奇面館の殺人』発表の半年後で、だから「奇面祭」という言葉やイメージが浮かんだのだろう。そう云えば、「狂い桜」(『深泥丘奇談・続』所収)の執筆は『Another』の連載が終わった直後だったし、「丘の向こう」(『深泥丘奇談』所収)は原作を担当した漫画『月館《つきだて》の殺人』(二〇〇五年／二〇〇六年)の連載が始まる直前だった。大変に分かりやすい脳の働きである。

「減らない謎」

何とまあ莫迦莫迦《ばかばか》しいお話だなあ、とみずから呆《あき》れつつも書いてしまう——ということが、「深泥丘」では幾度もあった。本作などはその代表的な一つ。「解いても解いても減らない謎」というコンセプトで真っ当な本格ミステリが書けそうな、なかなか良いタイトルであるな——と、今さらながらに思ってみたりも。

「死後の夢」

これも前作同様、何とまあ莫迦莫迦しい……と呆れつつも書いてしまった作品。たとえば「ソウ」（『深泥丘奇談・続』所収）もそうだったが、事前に構想を聞かされた編集さんらは困惑するしかなかったようである。むべなるかな。しかしながら、それでも何とかなってしまうのが「深泥丘」の強みではあった。

「カンヅメ奇談」

連作中で唯一、東京を舞台とした物語。ホテルでのカンヅメ経験は幾度もあるのだけれど、だいたいにおいて「つらかった思い出」ばかりが残っている。二〇一一年の秋、『奇面館の殺人』の完成をめざして長期間ホテルに入った時の実体験に半ば基づきながら、「カンヅメ中にこんなことがあったら嫌だろうな」という妄想を膨らませて書いたのがこれ、である。

「海鳴り」

〈深泥丘世界〉には「私」が知らない（あるいは忘れている）さまざまな〝怪しい現実〟があるのだが、この物語ではそれが、「私」が何年も住んでいる家の内部にまで見つかってしまう。地下室に並んだ怪しいファイルのタイトルは、お気づきの人はお気づきだろう、小野不由美《おのふゆみ》『鬼談百景』より拝借している。

「夜泳ぐ」

これも「カンヅメ奇談」と同様、半ば実体験に基づきながら妄想を膨らませて書いた作品で、なおかつ「カンヅメ奇談」と対を成す作品でもある。〈Amphibian《アンフィビアン》〉内にある〈読書室〉の、〈Arkshem《アークシエム》〉という名称は綾辻の造語。この固有名詞にはちょっとした意味を含ませてあるのだが、分かる人はほとんどいないと思う。それはそれで良し、としよう。

「猫密室」

この一編だけは『文芸カドカワ』に発表した。確か二〇一〇年の秋、東京某所で道《みち》尾《お》秀介《しゅうすけ》・辻村《つじむら》深月《みづき》の両氏と会食する機会があり、そのとき冗談半分で思いついたのが「猫密室」のネタだったのである。それから五年も経って、「まったく人に踏まれた形跡がない猫たち」という表現の面白さだけを頼りに作品化してしまった次第。

「ねこしずめ」

「猫柱」のアイディアは、実際に家人が見た夢の話を聞いて思いついたもの。当初は何となく、クライヴ・バーカーの某短編のイメージを重ね合わせていたのである。結果としてまるで違う趣の作品になったのだが、そうなって幸いだったと思っている。ちなみにこれ、作者としては「深泥丘」連作の中でも一、二を争って好きな作品で、書き上げた時には独りしみじみと感慨にふけった憶《おぼ》えがある。

＊

さて、ここでは次に、単行本の「あとがき」からの引用・再録を少し——。

ところでこの「深泥丘」連作には、執筆に並行して作成してきた「深泥丘年表」

なるものが存在する。各作品中に西暦何年とか平成何年とかの記述はないのだけれど、それぞれに具体的な「年」を想定してはいるわけですな。

この際だから、その対応関係をざっと明かしてしまうと——。

第一作の「顔」が、二〇〇四年四月のお話。第一集のラストに置かれた「声」が、二〇〇六年の大晦日《おおみそか》から翌年元日にかけて。

第二集に入って、「鈴」は二〇〇七年の五月。ラストの「ラジオ塔」が二〇〇九年の七月〜八月。

第三集では、最初の「タマミフル」が二〇〇九年の十月。ラストの「ねこしずめ」が二〇一三年の八月〜九月。

——となる。

以上、これは僕自身の備忘録として。また、各時期に〈現実世界〉では何があったのか、それぞれに思い返していただくための手がかりとしても——。

＊

さてさて、「深泥丘」連作は本集をもって一つの区切りをつけたつもりなのだけれど、この緩やかに面妖《めんよう》な「ありうべからざる京都」には僕自身なお愛着があって、いずれ何らかの形で再訪してみたいとも考えている。どういう形になるかは未定だが、多少なりともここがお気に召した方は、どうぞお楽しみに。

二〇一九年　七月

綾辻行人

解説

橋本麻里

二〇〇四年から二〇一六年まで十二支をひとまわり、怪談専門誌『幽』での連載を主とする二十八本の短篇を、三冊の単行本に収めた「深泥丘《みどろがおか》奇談」シリーズ、文庫版最終巻となるのが本書である。年来の読者諸賢には既にご承知のとおり、小説家の〈私〉を語り手として進む——いや、直線的には進まず、リングワンダリング（環状彷徨《ほうこう》）を続ける物語は、ここでひとまずの閉幕を迎えた。

二〇〇四年の時点では齢《よわい》四十過ぎ、「推理《ミステリ》小説と呼ばれるジャンルもの」の執筆で生計を立て、三巻二十二話目に至って「もうすぐ齢も五十の大台に乗ってしまう」と慨嘆し、二十三話目で馴染《なじ》みの看護師が手に持つ文庫本の表紙に目を留め、「今から二十年以上も前に刊行され、『新本格推理小説《ミステリ》』などと呼ばれてそこそこ話題になった、それは私の著作であった。（中略）新本格……って、ああこれも（後略）」とメタな自虐を吐露する〈私〉は、著者自身を彷彿《ほうふつ》とさせずにはおかない。その〈私〉が生まれ育ち、よく知っているはずの町は、「紅叡山《こうえいざん》」「人文字山《ひともじやま》」「黒鷺川《くろさぎがわ》」など、実在する京都のそれを踏まえた地名・固有名詞がちりばめられた、「もう一つの、あり得べからざる京都」である。

眩暈《めまい》。急激な眩暈が引き金となり、〈私〉が散歩の道すがら通りがかった深泥丘病院の門を潜《くぐ》るところから、物語は始まる。ぐるぐる回る世界はまさに眩暈そのものだが、〈深泥丘〉世界《ワールド》は、万事が円環を描いて閉じている。咲谷《さきたに》看護師は左手首に厚く包帯を巻き、黒々とした大蛇の気配が〈私〉にまとわりつき、身体全体がいびつな「輪」になった異様なものたちが洞窟《どうくつ》に潜み、Q＊＊ホテルのプールは、〈私〉が幼い頃に大叔父《おおおじ》と過ごした客室とつながって、その「外」へ出ることを許さない。そして十二年に一度、巳《み》――蛇の年の九月に「ねこしずめ」の日がやってくる。それが五たび繰り返されれば、六十年。生まれ年と同じ干支《えと》に戻る本卦還《ほんけがえ》り、還暦となる。還暦――六十年前。かの如呂塚《にょろづか》遺跡が発掘された、戦後間もない時期にあたる。ちょうどその頃から、水の悪霊に取《と》り憑《つ》かれる者が出る（「悪霊憑き」）、〝六〟山送り火の文字・記号の形が変えられる（「六山の夜」）、ラジオ塔が消えてしまう（続「ラジオ塔」）、オオネコメガニが絶滅する・〈忘却の面〉を使った儀式が始まる・神社の祭神の名が消される（続々「忘却と追憶」）といった、奇怪な事象が起こり始めたという。そして問この町に住む者であれば常識に類する話を、〈私〉はいつも覚えていない。

題の遺跡も言及されるばかりで、ついに登場することはない。

そう、〈深泥丘〉世界では、謎の核心となるものは書かれない。名指されもしない。なぜなら多くが、この国の文字では表記しようのない、異様な音《おん》の組み合わせだからだ。「悪霊憑き」では水の悪霊「＊＊＊＊＊（5文字）」、火の悪霊「＊＊＊＊＊＊＊（7文字）」。「深泥丘魔術団」では如呂塚遺跡から見つかった遺物「＊＊＊＊（4文字）」、「切断」（続）では森の中の洞窟にいた「＊＊＊＊＊＊（6文字）」。「開けるな」で、如呂塚遺跡での土産物から出てきた、古い鍵《かぎ》に刻まれた奇妙な文字、あるいは記号。「死後の夢」（続々）では、深泥丘病院のペントハウスに秘された十数文字。「鈴」（続）なら無人の境内に鈴が鳴る廃神社の、表記しようがない名前。そして妻が、先述のいずれとも異なる「何かしら異様な音の組み合わせ」を飼い猫たちに語りかけていたのは、「悪霊憑き」のラストシーンだった。

「IT」ではなく、4文字、5文字、6文字、7文字、十数文字にわたる「それら」。口にするのも憚《はばか》られる、という風ではなく、〈深泥丘〉世界では、医師から「ご存じありませんでしたか」、妻から「この町に長く住んで、＊＊＊＊を知らないなんて」と言われてしまう程度に、身近な存在であるらしい。だが言葉によって輪郭を与えられていない存在には、どうにも手が掛かりにくい。周囲をぐるぐる回っているだけで、分析的に検証できぬまま、時間と共に細部の記憶が曖昧《あいまい》になる。気づけば読者自身が、〈私〉と同じような状態に陥っている。

名前。シリーズを通じて〈私〉の名は、本来の姓名、ペンネームともに一度として明示されない。深泥丘病院の医師は脳神経科の石倉《いしくら》（一）、消化器科の石倉（二）、歯科の石倉（三）だし、看護師は咲谷、編集者は秋守《あきもり》。主要な登場人物の名で、姓・名とも揃って明らかになるのは一つきりだ。名前以外でも、同音異義語が豊富な日本語ならではの問題として、たとえば「しりょう」という音が資料／死霊のいずれか、判断は文脈によってなされ、単独の語句だけでは判然としない。一見それらしく整合する言葉は、常識と予断に毒されている。虚心に眺めれば、まさかと思われる音の連なりに、自《おの》ずから「答え」は示されているというのに。

そういえば「深泥丘魔術団」に登場するカンタ少年の姓もやはり石倉、と明かされている。彼は〈深泥丘〉世界には珍しい子供で、「コネコメガニ」（続）で石倉（一）医師、咲谷看護師と連れ立って、深蔭川《みかげがわ》上流に生息するコネコメガニを捕っていた。考えてみれば、〈深泥丘〉世界にはほとんど子供が登場しない。〈私〉と妻の間に子はなく、向かいの家に住む森月《もりづき》夫妻も同様らしい。時折〈私〉が車を駆って会いに行く友人の海老子《えびこ》くん、岡山からやってくる妻の友人のヤッちゃん、いずれも既婚子なし、とされている。子供は日々育ち、心も身体も変化していく。彼らのいない世界では、時が止まっても、円環を描いていても、気づかれることはない。

閉じた円環を内から破壊しようという垂直の力を体現するのは、漆黒の翼を広げた巨鳥だ。鳥の眼に飛び移り、天空から螺旋《らせん》を描くように猛然と落下する〈私〉は、地を穿《うが》つ穴の底、暗く深い水の底、その果ての果てへ、繰り返し侵入を試みる。だが最後の水底を突き破るのは、〈私〉でも巨鳥でもない。そして底が抜けた先に広がる、〈深泥丘〉世界の倒立像のような町は――。

〈私〉が暗い部屋の、ひんやりしたベッドの上で目覚める場面から始まった物語は、妻が見たという奇妙な夢について、〈私〉が耳を傾けている場面を冒頭に置いた最終話へ至る。アリアから始まってアリアで終わる、まるでバッハの「ゴルトベルク変奏曲」のように。果たして円環は破られたのか。それともこの、誰かによって見られている夢のような世界からは、ついに抜け出すことができないのか。

「カンヅメ奇談」（続々）に登場する「某区の高台にあるF＊＊ホテル」の、広大な庭園を借景とするマンションの一室で、わたしはこの文章を書いている。そこが〈彼〉の、東京での定宿であることは後で知ったため、これまでにも気づかぬうちに近所ですれ違うことがあったかもしれない。

明治の元勲の邸宅跡を受け継いだホテルの敷地は、台地から崖線《がいせん》までの標高差を巧みに取り込んで庭園を整備し、下鴨《しもがも》神社境内にあった稲荷《いなり》社や、伏見《ふしみ》の古寺に埋もれていた五百羅漢像など、京都から移築・勧請《かんじょう》されたものが無数に配されている。また崖線下からの湧水《ゆうすい》も古来豊かで、敷地内の古井戸はいまだに自噴しており、周囲には水神を祀《まつ》った神社や旧大名家庭園跡の池などが、鬱蒼《うっそう》と繁る巨木に隠れるように残っている。そういえば、風雅な池泉回遊式庭園の一部、というには、その池はずいぶん深いのだと聞いた。

暮れ方のテラスに気の早い蛍が迷い込む。後になり先になり、明滅する灯りは四つ。コートやシャツ、フェルトペンなど、物語に点々と刻まれる鮮やかな赤色が表象するもの、倒立像のように世界を映しこむ「目」など、重要な問題はまだまだ残っているが、残念ながら紙幅が尽きた。仕方がないので夕涼みがてら、池の方へ散歩に出かけてみようか。今日あたり、天から猫が降ってくる――かもしれない。

初出一覧

「タマミフル」（『幽』vol.16／2012年1月）
「忘却と追憶」（『幽』vol.17／2012年8月）
「減らない謎」（『幽』vol.18／2013年1月）
「死後の夢」（『幽』vol.19／2013年8月）
「カンヅメ奇談」（『幽』vol.21／2014年8月）
「海鳴り」（『幽』vol.22／2015年1月）
「夜泳ぐ」（『幽』vol.23／2015年6月）
「猫密室」（『文芸カドカワ』2015年12月号）
「ねこしずめ」（『幽』vol.24／2015年12月）

本書は、二〇一六年七月に小社より単行本として刊行された作品集を文庫化したものです。

深泥丘《みどろがおか》奇談《きだん》・続々《ぞくぞく》
綾辻《あやつじ》行人《ゆきと》

令和元年 8月25日　初版発行
令和7年 6月25日　6版発行

発行者●山下直久

発行●株式会社KADOKAWA
〒102-8177　東京都千代田区富士見2-13-3
電話　0570-002-301（ナビダイヤル）

角川文庫 21760

印刷所●株式会社KADOKAWA
製本所●株式会社KADOKAWA

表紙画●和田三造

ISBN 978-4-04-108402-1　C0193

角川文庫発刊に際して

角川源義

第二次世界大戦の敗北は、軍事力の敗北であった以上に、私たちの若い文化力の敗退であった。私たちの文化が戦争に対して如何に無力であり、単なるあだ花に過ぎなかったかを、私たちは身を以て体験し痛感した。西洋近代文化の摂取にとって、明治以後八十年の歳月は決して短かすぎたとは言えない。にもかかわらず、近代文化の伝統を確立し、自由な批判と柔軟な良識に富む文化層として自らを形成することに私たちは失敗して来た。そしてこれは、各層への文化の普及滲透を任務とする出版人の責任でもあった。

一九四五年以来、私たちは再び振出しに戻り、第一歩から踏み出すことを余儀なくされた。これは大きな不幸ではあるが、反面、これまでの混沌・未熟・歪曲の中にあった我が国の文化に秩序と確たる基礎を齎らすためには絶好の機会でもある。角川書店は、このような祖国の文化的危機にあたり、微力をも顧みず再建の礎石たるべき抱負と決意とをもって出発したが、ここに創立以来の念願を果すべく角川文庫を発刊する。これまで刊行されたあらゆる全集叢書文庫類の長所と短所とを検討し、古今東西の不朽の典籍を、良心的編集のもとに、廉価に、そして書架にふさわしい美本として、多くのひとびとに提供しようとする。しかし私たちは徒らに百科全書的な知識のジレッタントを作ることを目的とせず、あくまで祖国の文化に秩序と再建への道を示し、この文庫を角川書店の栄ある事業として、今後永久に継続発展せしめ、学芸と教養との殿堂として大成せんことを期したい。多くの読書子の愛情ある忠言と支持とによって、この希望と抱負とを完遂せしめられんことを願う。

一九四九年五月三日

角川文庫ベストセラー

眼球綺譚
綾辻行人

大学の後輩から郵便が届いた。「読んでください。夜中に、一人で」という手紙とともに、その中にはある地方都市での奇怪な事件を題材にした小説の原稿がおさめられていて……珠玉のホラー短編集。

フリークス
綾辻行人

狂気の科学者J・Mは、五人の子供に人体改造を施し、〝怪物〟と呼んで責め苛む。ある日彼は惨殺体となって発見されたが!?――本格ミステリと恐怖、そして異形への真摯な愛が生みだした三つの物語。

殺人鬼 ――覚醒篇
綾辻行人

90年代のある夏、双葉山に集った〈TCメンバーズ〉の一行は、突如出現した殺人鬼により、一人、また一人と惨殺されてゆく……いつ果てるとも知れない地獄の饗宴。その奥底に仕込まれた驚愕の仕掛けとは？

殺人鬼 ――逆襲篇
綾辻行人

伝説の『殺人鬼』ふたたび！……蘇った殺戮の化身は山を降り、麓の街へ。いっそう凄惨さを増した地獄の饗宴にただ一人立ち向かうのは、ある「能力」を持った少年・真実哉！……はたして対決の行方は?!

霧越邸殺人事件 〈完全改訂版〉 (上)(下)
綾辻行人

信州の山中に建つ謎の洋館「霧越邸」。訪れた劇団「暗色天幕」の一行を迎える怪しい住人たち。邸内で発生する不可思議な現象の数々…。閉ざされた〝吹雪の山荘〟でやがて、美しき連続殺人劇の幕が上がる！

角川文庫ベストセラー

赤い月、廃駅の上に　有栖川有栖

廃線跡、捨てられた駅舎。赤い月の夜、異形のモノたちが動き出す——。鉄道は、私たちを目的地に運ぶだけでなく、異界を垣間見せ、連れ去っていく。震えるほど恐ろしく、時にじんわり心に沁みる著者初の怪談集！

幻坂　有栖川有栖

坂の傍らに咲く山茶花の花に、死んだ幼なじみを偲ぶ「清水坂」。自らの嫉妬のために、恋人を死に追いやってしまった男の苦悩が哀切な「愛染坂」。大坂で頓死した芭蕉の最期を描く「枯野」など抒情豊かな9篇。

山の霊異記　幻惑の尾根　安曇潤平

閉ざされた無人の山小屋で起きる怪異、使われていないリフトに乗っていたモノ、岩室に落ちていた小さな靴の不思議。登山者や山に関わる人々から訊き集めた、美しき自然とその影にある怪異を活写した恐怖譚。

山の霊異記　赤いヤッケの男　安曇潤平

赤いヤッケを着た遭難者を救助しようとしたため遭遇した怪異、山の空き地にポツリと置かれた小さなザックから夜出てくるモノとは……自らも登山を行う著者が、山で聞き集めた怪談実話。書き下ろし2篇収録。

山の霊異記　黒い遭難碑　安曇潤平

鎗ヶ岳を登るうちに著者の右目を襲う原因不明の痛み、登山道にずらりと並ぶ、顔が削り取られた地蔵、山の中に響く子どもたちの「はないちもんめ」……山で遭遇する不思議なできごとを臨場感たっぷりに綴る。

角川文庫ベストセラー

さよなら、と嘘をつく
——沙之里幽譚
太田忠司

GOTH
夜の章・僕の章
乙一

失はれる物語
乙一

鬼談百景
小野不由美

営繕《えいぜん》かるかや怪異譚《かいいたん》
小野不由美

片田舎の沙之里に引っ越した千蔭。母親は有名な元女優だがわかりあえない。孤独感の中、千蔭は迷い込んだ丘で〈サノキ〉という大木を見つける。そこにいた白い着物の少女、チヨに不思議なお願いをされ……。

連続殺人犯の日記帳を拾った森野夜は、未発見の死体を見物に行こうと「僕」を誘う……人間の残酷な面を覗きたがる者〈GOTH〉を描き本格ミステリ大賞に輝いた乙一の出世作。「夜」を巡る短篇3作を収録。

事故で全身不随となり、触覚以外の感覚を失った私。ピアニストである妻は私の腕を鍵盤代わりに「演奏」を続ける。絶望の果てに私が下した選択とは？　珠玉6作品に加え「ボクの賢いパンツくん」を初収録。

旧校舎の増える階段、開かずの放送室、塀の上の透明猫……日常が非日常に変わる瞬間を描いた99話。恐ろしくも不思議で悲しく優しい。小野不由美が初めて手掛けた百物語。読み終えたとき怪異が発動する——。

古い家には障りがある——。古色蒼然とした武家屋敷、町屋に神社に猫の通り道に現れ、住居にまつわる様々な怪異を修繕する営繕屋・尾端。じわじわくる恐怖。美しさと悲しみと優しさに満ちた感動の物語。

角川文庫ベストセラー

ユージニア
恩田　陸

あの夏、白い百日紅の記憶。死の使いは、静かに街を滅ぼした。旧家で起きた、大量毒殺事件。未解決となったあの事件、真相はいったいどこにあったのだろうか。数々の証言で浮かび上がる、犯人の像は——。

夢違
恩田　陸

「何かが教室に侵入してきた」。小学校で頻発する、集団白昼夢。夢が記録されデータ化される時代、「夢判断」を手がける浩章のもとに、夢の解析依頼が入る。子供たちの悪夢は現実化するのか？

私の家では何も起こらない
恩田　陸

小さな丘の上に建つ二階建ての古い家。家に刻印された人々の記憶が奏でる不穏な物語の数々。キッチンで殺し合った姉妹、少女の傍らで自殺した殺人鬼の美少年……そして驚愕のラスト！

幽談
京極夏彦

本当に怖いものを知るため、とある屋敷を訪れた男は、通された座敷で思案する。真実の〝こわいもの〟を知るという屋敷の老人が、男に示したものとは。「こわいもの」ほか、妖しく美しい、幽き物語を収録。

冥談
京極夏彦

僕は小山内君に頼まれて留守居をすることになった。襖を隔てた隣室に横たわっている、妹の佐弥子さんの死体とともに。「庭のある家」を含む8篇を収録。生と死のあわいをゆく、ほの瞑（ぐら）い旅路。

角川文庫ベストセラー

鬼談　京極夏彦

藩の剣術指南役の家に生まれた作之進には右腕がない。その腕を斬ったのは、父だ。一方、現代で暮らす「私」は見てしまう。幼い弟の右腕を摑み、無表情で見下ろす父を。過去と現在が交錯する「鬼縁」他全9篇。

ふちなしのかがみ　辻村深月

冬也に一目惚れした加奈子は、恋の行方を知りたくて禁断の占いに手を出してしまう。鏡の前に蠟燭を並べ、向こうを見ると——子どもの頃、誰もが覗き込んだ異界への扉を、青春ミステリの旗手が鮮やかに描く。

きのうの影踏み　辻村深月

どうか、女の子の霊が現れますように。おばさんとその子が、会えますように。交通事故で亡くした娘を待ちわびる母の願いは祈りになった——。辻村深月が〝怖くて好きなものを全部入れて書いた〟という本格恐怖譚。

異神千夜　恒川光太郎

数奇な運命により、日本人でありながら蒙古軍の間諜として博多に潜入した仁風。本隊の撤退により追われる身となった一行を、美しき巫女・鈴華が思いのままに操りはじめる。哀切に満ちたダークファンタジー。

鬼の跫音　道尾秀介

ねじれた愛、消せない過ち、哀しい嘘、暗い疑惑——。心の鬼に捕らわれた6人の「S」が迎える予想外の結末とは。一篇ごとに繰り返される奇想と驚愕。人の心の哀しさと愛おしさを描き出す、著者の真骨頂！

角川文庫ベストセラー

球体の蛇
道尾秀介

あの頃、幼なじみの死の秘密を抱えた17歳の私は、ある女性に夢中だった……狡い嘘、幼い偽善、決して取り返すことのできないあやまち。矛盾と葛藤を抱えて生きる人間の悔恨と痛みを描く、人生の真実の物語。

透明カメレオン
道尾秀介

声だけ素敵なラジオパーソナリティの恭太郎は、バー「if」に集まる仲間たちの話を面白おかしくつくり変え、リスナーに届けていた。大雨の夜、店に迷い込んできた美女の「ある殺害計画」に巻き込まれ——。

死者のための音楽
山白朝子

死にそうになるたびに、それが聞こえてくるの——。母をとりこにする、美しい音楽とは。表題作「死者のための音楽」ほか、人との絆を描いた怪しくも切ない七篇を収録。怪談作家、山白朝子が描く愛の物語。

エムブリヲ奇譚
山白朝子

旅本作家・和泉蠟庵の荷物持ちである耳彦は、ある日不思議な〝青白いもの〟を拾う。それは人間の胎児エムブリヲと呼ばれるもので……迷い迷った道の先、辿りつくのは極楽かはたまたこの世の地獄か——。

ずっと、そばにいる
競作集〈怪談実話系〉

京極夏彦、福澤徹三、加門七海、平山夢明、岩井志麻子 他 編／幽編集部 監修／東 雅夫

怪談専門誌「幽」で活躍する10人の名手を結集した競作集。どこまでが実話でどこから物語か。虚実のあわいを楽しむ〝実話系〟文学。豪華執筆陣が挑んだ極上の恐怖と戦慄を、あなたに！